LES CHATS DE HASARD

Anny Duperey

LES CHATS
DE HASARD

RÉCIT

Éditions du Seuil

TEXTE INTÉGRAL

Tableau de couverture et croquis de l'auteur.

ISBN 2-02-049518-X
(ISBN 2-02-035419-5, 1re publication)

www.seuil.com

En souvenir de mon amie Missoui,
et de tout ce qu'elle m'a apporté.

J'ai pour les animaux un amour raisonnable.

En ce qui concerne la faune sauvage, je la connais mal. Cela ne s'apprend pas à l'école. Si l'on n'a pas eu un grand-père chasseur et néanmoins amoureux des bêtes, ou un tonton ornithologue, il y a de fortes chances pour que les oiseaux dans le ciel restent des ombres qui passent en faisant « piou piou », et les autres, ceux qui vivent dans les haies et les forêts, des absents presque fictifs tant ils sont discrets. Un éclair de pelage entre les feuilles, une queue disparue aussitôt qu'entrevue, c'est peu pour qui n'est pas très patient. Même si l'on fait quelque effort d'attention, on se décourage vite si l'on ne connaît pas.

J'apprends depuis peu à observer, à écouter, à mettre un nom sur les oiseaux qui peuplent mon jardin. J'aimais déjà la nature, mais j'étais attentive à la végétation, presque exclusivement, en ignorant tout ce qui l'habite. Cela change non seulement ma perception de la nature mais aussi celle de moi-même dans cette nature. Auparavant, quand il m'était donné de rester seule quelque temps entourée de bois et de champs, je me sentais vraiment isolée, moi humaine, dans tout ce vert. La conscience nouvelle de toutes ces vies autour de moi, mon attention naissante modifient totalement cette sensation. Je ne suis qu'au début de mon apprentissage mais il m'est d'ores et déjà difficile de parler de solitude à la campagne. Je suis une au milieu d'un tout vivant. C'est rassurant. Cela rabaisse un peu le caquet de mon grand moi humain, c'est une bonne chose.

Et puis il y a les autres, ceux qui vivent avec nous, dans nos maisons ou pas loin au-dehors, les pactisants avec le genre humain, de leur gré ou plus ou moins par force ou par nécessité Je les aime aussi, je crois, d'une manière raisonnable en ce sens que la vue d'une petite truffe, d'un bel œil ou d'une touffe de poils attendrissante ne me rend pas automatiquement gâteuse.

Pour ce qui est des chiens et des chats, ceux qui partagent intimement notre vie quotidienne, je sais depuis toujours que je suis plutôt une personne « à chat ». J'ai cru remarquer, d'ailleurs, que rares sont les personnes qui sont tout à fait également « à chien » et « à chat », les deux groupes affirmant pareillement qu'on a des rapports beaucoup plus profonds, sincères, supérieurs avec l'un ou l'autre de ces animaux suivant leur préférence.

Pour ma part, je ne crois pas que les chiens soient meilleurs que les chats, ou les chats plus intelligents que les chiens. Non. Tout est question de sensibilité personnelle vis-à-vis des uns et des autres, et mon amour pour eux est non seulement raisonnable mais aussi prudent quand je pense qu'à l'intérieur des races et des genres, avec des tendances et des traits de caractère plus marqués chez les uns ou les autres, tout est question de qualité individuelle. Je crois que ce qui est valable pour les gens l'est aussi pour les animaux : il y a des cons partout. Et aussi des types formidables. Peut-être la même proportion de lâches, de paresseux, de fourbes et de naïfs, de francs, de courageux et sincères, de ronchons, quelques-uns d'une grande intelligence, quelques rares authentiques salopards, une grosse majorité de braves gens et parfois, parfois sans doute, un être exceptionnel. Un, tout à coup, plus délicat, plus sensible, plus généreux que les autres. Comme chez nous.

Quant à préférer chien ou chat, il peut y avoir une tradition familiale – c'est mon cas. On est enclin à mieux aimer ce que l'on connaît depuis qu'on est tout petit. On n'a pas de surprise, on sait comment s'y prendre avec eux, et leur comportement particulier ne nous heurte pas. Mais ce n'est pas tout, il peut y avoir une attirance purement physique pour l'un ou l'autre.

Une petite fille de neuf ans m'a fort bien défini sa préférence alors qu'elle côtoie chiens et chats depuis des années. Elle n'est pas attirée par les chats, elle ne parvient pas à établir un contact avec eux, et elle en est désolée car elle aime pourtant « tous les animaux, même ceux qui mordent et qui piquent ». Elle fait des efforts pour aller vers eux, elle aurait bien envie de leur faire des câlins, mais à peine a-t-elle réussi à persuader doucement un chat de rester près d'elle qu'elle oublie qu'il est là, fait un geste brusque ou se lève d'un bond. Et les voilà tous deux déçus l'un de l'autre, l'animal chamboulé regardant ce petit être peu fiable qui l'a amené à s'abandonner pour l'envoyer valdinguer deux secondes après, et la petite fille frustrée, essayant en vain de le reprendre, et trouvant encore une fois que les chats c'est bien compliqué, qu'il faut toujours prendre des gants avec eux et qu'ils s'en vont tout le temps dès qu'elle bouge naturellement. Et puis un jour elle a trouvé pourquoi ça ne « colle » pas entre elle et les chats :

« Les chats, c'est doux… Mais tellement doux que ça m'énerve. Je ne leur ferais pas de mal, ça non, j'aime trop les animaux ! Mais tu vois… ça ne serait pas vivant, je crois que je leur taperais dessus avec plaisir. »

Elle aime vraiment mieux le côté un peu rêche et brusque d'un chien, adapté à son tempérament. C'est une enfant à la tendresse rugueuse.

Ne pas déranger un chat qui s'est endormi sur ses genoux, retarder le moment de se lever pour profiter de cette douceur, de cette quiétude chaude sur soi, c'est le signe infaillible de l'affection élective pour eux. Cela ne s'apprend pas. J'ai vu mon fils, tout petit, renoncer à son goûter pour ne pas déranger notre chatte couchée sur lui. Puis se couler de dessous elle avec d'infinies précautions et des mots doux pour la rendormir. Puis il pouvait soudainement jouer bruyamment à la guerre en sautant comme un fou sur le canapé, par-dessus la chatte, mais il n'oubliait pas, au plus fort de sa bagarre imaginaire, de la rassurer au passage.

Et la chatte ne bougeait pas, de grands coups de sabre en plastique sifflant au ras de ses oreilles, tout à fait tranquille et en totale confiance. Un seul geste de la petite fille qui n'arrive pas à aimer les chats l'aurait fait fuir…

En ce qui me concerne, je ne veux pas être injuste envers les chiens car je ne les connais pas. Je n'ai jamais vécu avec eux, mais j'en ai rencontré de très sympathiques. Je me suis parfois dit que si j'héritais un jour d'une belle et bonne bête je pourrais fort bien l'aimer et m'habituer à sa manière d'être, manière qui, jusqu'à présent, me rebute un peu. Car en effet j'ai à l'égard des chiens le même sentiment de non-attirance physique que cette enfant vis-à-vis des chats. Leurs mouvements, leur toucher me heurtent. Ça vous bouscule, c'est raide, ils ont de grands mouvements griffus (les chats, eux, peuvent rentrer leurs griffes et le font volontairement quand ils aiment), des coups de tête inattendus. L'un d'eux un jour m'a fendu la lèvre alors que je me penchais vers lui au même moment qu'il jetait son museau vers moi avec un grand coup de langue. Mes mouvements sont presque toujours a contrario des leurs. Mais cela ce n'est rien, on s'habitue, on apprend à connaître. J'apprendrais, si je décidais un jour d'avoir un chien.

J'ai vu aussi des bêtes très douces qui n'avaient pas cette brusquerie. Une femme écrivain que j'ai côtoyée un temps avait quasi réussi à faire de son énorme berger allemand une sorte de chat, tout de calme, de douceur et de silence. Il passait ses journées, et ses nuits je suppose, couché à ses pieds et elle disait fièrement : « C'est un chien qui ne sert à rien. » Elle avait la haine du dressage, des chiens rapporteurs de journaux, des chercheurs de baballe, de ceux que l'on oblige à faire le beau pour mériter leur susucre.

Sur ce terrain-là, je la suis tout à fait, j'ai toujours détesté cette domination sur l'animal, ces simagrées qu'on lui impose, mais – et je me pose véritablement la question – si le chien AIMAIT cela ? S'il avait besoin, lui, de ces rapports-là avec l'homme ? Est-ce vraiment raisonnable, et honnête, de persuader une énorme bête musclée de devenir un tas mou étalé sur une carpette, de prendre un chien pour en faire un chat ? Je crois que si j'en avais un j'essaierais de l'aimer pour ce qu'il est et de respecter sa nature. Et de me conduire avec lui comme on se conduit avec un chien – les simagrées pour obtenir le susucre mises à part – sinon je continuerai à avoir des chats. Ce qui est probable d'ailleurs...

Car mis à part cette non-attirance physique, qui pourrait fort bien évoluer avec l'affection, il y a un obstacle plus important entre moi et les chiens : je n'aime pas ce qu'on doit être avec eux. Et on ne peut pas faire autrement, sinon on est un mauvais maître – et déjà le mot « maître » hérisse mon poil d'humaine rebelle à la hiérarchie... Il faut absolument l'éduquer, lui apprendre à ne pas sauter sur les gens, encore moins sur les jeunes enfants, le tenir en laisse la plupart du temps ou le surveiller sans arrêt pour qu'il n'aille pas renverser un cycliste ou provoquer un accident en traversant la rue soudainement, à ne pas aboyer comme un fou contre n'importe qui, à ne pas prendre en grippe les uniformes ou les clochards, à revenir quand on l'appelle, à se coucher quand on le lui demande, lui ordonner de faire ses besoins dans le caniveau, etc. Et tout cela il faut le faire sous peine d'avoir un animal insupportable, qui enquiquine tout le monde ou, pire, dangereux. En fait, avoir un chien demande que vous soyez, deveniez ou redeveniez une sorte de parent-ordonneur-surveilleur-punisseur, même avec bienveillance et pour le bien de la société, en établissant et en rappelant sans cesse que c'est vous le maître et qu'il doit vous obéir, puisque c'est un animal qui vivait originellement en meute, avec un dominant et des dominés, et qu'il reste attaché à cette hiérarchie.

J'ai vu une personne aux prises tous les jours avec ce travail, cette attention incessante, et il est vrai que j'étais effrayée de l'énorme charge que cela représentait. Une de mes camarades de travail, témoin pendant quelques mois de cette aliénation – et aussi peu encline que moi à se l'infliger – me dit un jour, pensive : « Mon Dieu… C'est comme prendre un enfant de trois ans qui ne grandirait jamais. »

J'en ai eu froid dans le dos, moi qui ressens un tel soulagement à voir mes enfants grandir, moi qui sais avoir eu tant de mal à être un parent potable et en tout cas jamais un ordonneur-surveilleur-punisseur, qui ai donné le change avec beaucoup d'efforts, tenu tant bien que mal mon rôle – pardon, mes chers enfants, j'espère que vous ne serez pas trop mal élevés et que vous aurez su comme les chats vous éduquer en grande partie vous-mêmes – moi qui vois avec bonheur venir un temps de rapports plus égalitaires avec mes petits, finir bientôt leur dépendance et du même coup mon assujettissement à ce rôle d'éducateur, je ne suis pas prête à recommencer pour un animal !

— Tais-toi quand les adultes parlent !
— N'aboie pas contre les passants !
— Fais dans le caniveau !
— Essuie-toi les mains !
— Ne saute pas sur les fauteuils !
— Pas de tartine avant le dîner !

– Couché !

– Au lit !

Quelle fatigue...

Il est des gens qui s'acquittent de cela fort bien. Ils ont tout naturellement la conviction que ce sont eux qui savent, parce qu'ils sont des humains, des plus intelligents, ou des adultes, et ça ne les ennuie pas du tout de diriger leur petit monde, qu'il soit enfantin ou animal. Parfois ils éprouvent un grand plaisir à commander, et c'est moins sympathique.

Personnellement, ma répugnance pour la domination m'a aussi tenue éloignée des chevaux. J'ai bien essayé de monter dessus, d'apprendre à les diriger, et ce fut une catastrophe. Ils sont beaucoup plus gros et plus forts que moi, et l'énergie dépensée pour leur faire sentir constamment que c'est moi le maître m'a flanquée par terre moralement avant qu'ils ne s'en chargent physiquement. Une inattention de quelques secondes, un oubli de lui signifier que c'est moi qui détiens l'autorité – j'avais envie de regarder le paysage et qu'on s'entende bien, tout simplement, la bête et moi – et elle en profite immédiatement pour reprendre le dessus. Avec moi, elle n'a pas eu de mal, je n'ai aucun instinct qui me pousse à dominer la bête. A dominer qui que ce soit, d'ailleurs... Je manque de conviction, « avoir le dessus » n'est pas mon affaire. Ils sentent cela, paraît-il, les chevaux. Alors je suis restée par terre. Je les regarde gambader de loin. C'est beau... Mais qu'ils aillent où ils veulent, vraiment.

Il n'est même pas besoin que je parle de tout ce qui vit en cage, en totale dépendance, grosses ou petites bêtes à poil ou à plume de n'importe quelle couleur.

Non, ce n'est pas pour moi. Un écureuil tournant névrotiquement sans fin dans sa roue, la tristesse d'un petit œil fixé sur vous derrière une grille... La vue seule de cet emprisonnement me fait mal. Je n'y peux trouver aucun plaisir, si beau soit le plumage ou si belle la fourrure. Les barreaux sont toujours des barreaux et les chaînes des chaînes. Le spectacle de la sujétion forcée me rend triste et m'amoindrit, il me rappelle que je suis de la race des geôliers. Je ne veux pas de ce rôle-là non plus.

Mais les chats...

Les gens qui aiment les chats évitent les rapports de force. Ils répugnent à donner des ordres et craignent ceux qui élèvent la voix, qui osent faire des scandales. Ils rêvent d'un monde tranquille et doux où tous vivraient harmonieusement ensemble. Ils voudraient être ce qu'ils sont sans que personne ne leur reproche rien.

Les gens qui aiment les chats sont habiles à fuir les conflits et se défendent fort mal quand on les agresse. Ils préfèrent se taire, quitte à paraître lâches. Ils ont tendance au repli sur soi, à la dévotion. Ils sont fidèles à des rêves d'enfant qu'ils n'osent dire à personne. Ils n'ont pas du tout peur du silence. Ils ne s'arrangent pas trop mal avec le temps qui passe, leur songe intérieur estompe les repères, arrondit les angles des années.

Les gens qui aiment les chats adorent cette indépendance qu'ils ont, car cela garantit leur propre liberté. Ils ne supportent pas les entraves ni pour eux-mêmes ni pour les autres. Ils ont cet orgueil de vouloir être choisis chaque jour par ceux qui les aiment et qui pourraient partir librement, sans porte fermée, sans laisse, sans marchandage. Et rêvent bien sûr que l'amour aille de soi, sans effort, et qu'on ne les quitte jamais. Ils ne veulent pas obtenir les choses par force et voudraient que tout soit donné.

Les gens qui aiment les chats, avec infiniment de respect et de tendresse, auraient envie d'être aimés de la même manière – qu'on les trouve beaux et doux, toujours, qu'on les caresse souvent, qu'on les prenne tels qu'ils sont, avec leur paresse, leur égoïsme, et que leur seule présence soit un cadeau.

Dans le doute de pouvoir obtenir pour eux-mêmes un tel amour, ils le donnent aux chats. Ainsi cela existe. Ça console.

Les gens qui aiment les chats font une confiance parfois excessive à l'intuition. L'instinct prime la réflexion. Ils sont portés vers l'irrationnel, les sciences occultes. Ils mettent au-dessus de tout l'individu et ses dons personnels et sont assez peu enclins à la politique. Les tendances générales, les grands courants, les mouvements d'opinion, les embrasements de foule les laissent aussi circonspects que leur animal devant un plat douteux. Et si leur conviction les pousse à s'engager, une part d'eux-mêmes reste toujours observatrice, prête au repli dans son territoire intime et idéaliste, toujours à la frange, comme leurs compagnons, d'un pacte avec la société et d'un retour vers une vie sauvage dans l'imaginaire.

Les gens qui aiment les chats sont souvent frileux. Ils ont grand besoin d'être consolés. De tout. Ils font semblant d'être adultes et gardent secrètement une envie de ne pas grandir. Ils préservent jalousement leur enfance et s'y réfugient en secret derrière leurs paupières mi-closes, un chat sur les genoux.

– A quoi penses-tu ?
– A rien...
– Tu ne dis rien. Tu es triste ?
– Oh, non !
– Tu es fatigué ?
– Non, je rêve, c'est tout.

Enfin, j'ai cru remarquer que les gens qui aiment les chats étaient souvent ainsi...

J'aime les chats.

Et pourtant, pendant vingt ans, il n'y eut pas un seul chat dans ma vie. De huit à vingt-huit ans, exactement…

Avant cela, dans ma petite enfance, ils furent omniprésents. J'ai été élevée avec eux.

Nous vivions – moi, mes parents, mes grands-parents, oncle, tante, treize chats et quelques poules – une vie plutôt tribale dans un quartier pauvre de Rouen, le faubourg Martainville. Il fut entièrement détruit pour insalubrité, et dans les ruelles moyen-âgeuses, entre les usines de tannage de cuir, les grands moulins et les teintureries qui déversaient tous leurs déchets dans un infâme petit canal, l'existence n'était rose ni pour les humains ni, je suppose, pour les habitants à quatre pattes.

Un peu à l'écart, jouxtant une usine et séparée de la rue et du canal par un mur, la maison où nous habitions était dotée d'un jardin assez grand, privilège extraordinaire dans un quartier d'où la végétation était absente. A peine quelques mauvaises herbes survivaient-elles, difficultueusement elles aussi, entre

les pavés et les maisons en torchis, arrosées principalement par les eaux usées que l'on jetait dans le
caniveau qui occupait le milieu de la rue. Nombre de
ces maisons n'avaient pas l'eau courante et il fallait
la tirer à la pompe sur le trottoir et la monter dans des
seaux aux étages. Le chemin le moins fatigant pour
l'évacuer était donc la fenêtre, en prenant garde,
dans le meilleur des cas, à ce que personne ne passe
en bas à ce moment-là.

Les chats, quand on les apercevait dans ces rues,
étaient toujours des silhouettes pelées, faméliques
et craintives. Ils rampaient le long des murs pour disparaître sous les porches, le regard terrorisé. Sans
doute avaient-ils de bonnes raisons d'être si sauvages
et méfiants.

Dans notre jardin, on avait installé dans un coin
un poulailler entouré de grillage, et le reste était, au
milieu du faubourg, une enclave de paix et de verdure, avec de la vraie herbe, des fleurs. des dahlias
énormes qui étaient la spécialité de ma grand-mère.
Rien de luxueux, un jardin à la diable, à peine entre-
tenu, mais cet îlot de nature était un contraste
incroyable au milieu de la grisaille et de la puanteur
environnantes.

Les chats ne s'y trompaient pas. Des toits de l'usine
vétuste, du haut des murs, de tous côtés ils venaient,
surtout le soir. Quelquefois de passage, en visites
plus ou moins régulières, parfois en observateurs
juchés prudemment et n'osant aventurer la patte
dans le territoire des privilégiés installés à demeure
Je ne me souviens pas précisément de chacun de
ceux qui vivaient en permanence avec nous, mais
leur nombre m'avait frappée : 13. A un moment de

mes jeunes années, il y eut treize chats à la maison. Il y en eut peut-être davantage, je ne sais plus, mais c'est ce chiffre-là que j'ai retenu. Tous plus ou moins de la même famille, noirs aux yeux verts, parfois une tache blanche sur la poitrine. Toute une lignée de chattes, sur plusieurs générations, qui faisaient leurs petits dans les placards, à tour de rôle. On en voyait une repérer, préparer son coin – « Tiens, la Minette a trouvé sa place… » – et on la laissait faire sans la déranger. Puis on la caressait, on la félicitait et on lui installait un nid douillet dans un coin chaud de la maison. Peu de temps après, elle s'apercevait, désemparée, qu'il ne lui restait plus qu'un ou deux petits… Où étaient donc les autres ? On la caressait encore, on l'encourageait à oublier, à se consacrer à ceux qui étaient toujours là. Un des hommes de la maison s'était dévoué, sale corvée, pour noyer le reste de la portée dans la baignoire. C'était ainsi. Ça l'est encore, je suppose, dans les campagnes, un peu moins en ville, mais en cette époque d'après guerre on ne stérilisait pas les chattes et la pilule n'existait pas encore pour les femmes – pour le surplus de petits, il y avait la noyade furtive et les avortements clandestins, c'était tout. Se mêlaient à la vie et à l'amour un goût âpre de sang, de mort, un danger toujours présent. Faire son petit à la maison, comme on le faisait alors – je ne suis pas née dans le placard mais dans le lit juste à côté – était toujours risqué.

A-t-on écarté les chats de la chambre lorsque je suis née ? Je ne sais pas. Ils étaient partout, sur les meubles, dans les lits, sur les tables, jusque dans nos assiettes, de plein droit. Je me souviens qu'ils avaient cette allure souveraine des êtres qui savent ne rien avoir à craindre de personne. Là aussi, quel contraste entre les bêtes craintives du reste du quartier, les pattes toujours à demi pliées, le ventre à terre, la queue traînante, la tête rentrée dans les épaules avec l'œil torve du qui-vive permanent, et nos chats aux poses d'odalisques, au port de tête magnifique! Ce n'était pas seulement une question de nourriture ou de soins, les nôtres étaient traités assez cavalièrement, nourris vaille que vaille avec peu et n'avaient sans doute jamais vu un vétérinaire, mais ils avaient le poil luisant, le bel œil tranquille et l'abandon de qui vit en pleine confiance. Ils étaient acceptés, aimés, et le bonheur rend beau. La peur tue la beauté, la méfiance rend fuyant et agressif – il en est de même pour les hommes, je crois.

Ma grand-mère maternelle, qui régnait incontestablement sur la tribu des humains, donnait le ton à toute la maisonnée quant à l'attitude et le rapport avec les animaux. Je pourrais dire qu'elle les aimait et les respectait, mais ce n'est pas suffisant car je connais nombre de gens qui aiment et respectent les animaux en gardant leur distance d'humains. Elle, non. Il y avait entre elle et eux osmose, fraternité physique, compréhension instinctive, sans aucun sentimentalisme, aucun investissement affectif exagéré. Elle ne les aimait pas non plus « contre » les humains en affirmant qu'ils étaient meilleurs qu'eux – Konrad Lorenz a dit très justement que l'amour des animaux et la haine des humains faisaient ensemble un épouvantable mélange – mais elle avait, et à un point que j'ai rarement rencontré depuis, une profonde acceptation de leur être. Aucun dégoût, aucune réticence, elle les aimait avec leurs poils, leurs plumes, leur caractère particulier, leurs défauts, leurs odeurs, leurs cris, leur saleté, qu'elle nettoyait humblement quand c'était nécessaire. Je crois qu'elle n'avait aucunement le sentiment d'être supérieure aux bêtes. Elle les traitait d'égal à égal. Ce rapport d'affection simple la reposait peut-être d'être un personnage pour le moins dominant avec ses proches humains...

Chaque animal accepté à demeure était là chez lui et avait donc sa place, qu'il partageait légitimement avec nous, non pas en principe mais dans les faits, à un point que d'aucuns, plus modérés dans leurs sentiments égalitaires vis-à-vis des animaux, pourraient trouver exagéré. On peut, il est vrai, ne pas se sentir supérieurs à eux sans pour autant tolérer que les chats mangent en même temps que vous dans votre assiette ou que les poules couvent dans la chambre à coucher pour qu'elles aient aussi chaud que la maîtresse de maison, ce qui était le cas chez ma grand-mère... Sa chambre, heureusement située au rez-de-chaussée, et tout aussi heureusement tapissée de linoléum, abritait ses poules couveuses dans des caisses remplies de paille, non loin de son lit, et l'éclosion des œufs avait souvent lieu sur la courtepointe, sous l'œil attendri d'une partie de la famille. Puis le moment délicat des naissances et des premiers temps de croissance passé, le tout retournait au poulailler. Ma grand-mère se disait sans doute que si elle avait elle-même à couver, immobile pendant des semaines, elle serait mieux au chaud pour ce faire. Donc elle offrait ce confort à ses poules, par simple amitié et solidarité, puisque ça ne la gênait pas.

J'ai rencontré depuis nombre de gens qui partagent leur chambre et leur lit avec leurs animaux – quoique jamais avec des poules – mais beaucoup plus rarement leurs repas à la même table. En fait, je n'ai vu cela qu'une seule fois depuis mon enfance.

Je fus invitée à déjeuner un jour chez Jean-Louis Barrault et Madeleine Renaud. J'avais déjà joué plusieurs pièces dans leur compagnie théâtrale et nous avions à discuter d'un nouveau projet. J'étais donc seule avec eux dans leur appartement parisien. Une table assez basse était dressée pour trois devant un canapé, un pouf en vis-à-vis, des livres, des souvenirs partout tout autour. Nous bavardâmes quelques instants, puis nous nous dirigeâmes vers la table, et Jean-Louis, au moment de s'installer, se tournant tout à coup vers moi me dit : « Oh, ça ne t'ennuierait pas qu'on mange avec les chiens ? » Madeleine tenta une faible protestation, mais il ajouta : « On a l'habitude, on partage tout. Eux et nous, c'est pareil, tu comprends ? » Je les assurai que cela ne me choquait ni ne me gênait et qu'ils n'avaient pas à changer leurs habitudes pour moi.

Jean-Louis parut très soulagé, presque guilleret, et il s'en fut ouvrir une porte d'où jaillirent deux chiens, un grand et un petit, apparemment aussi soulagés et heureux que leur maître. Jean-Louis et Madeleine s'assirent tous deux sur le canapé, moi en face. A ma gauche, le chien le plus petit prit place sur un siège qui lui permettait d'être à la hauteur de la nappe, et l'énorme berger allemand s'assit par terre à ma droite et posa ses deux pattes avant sur la table, très calmement, élégamment, comme quelqu'un de bien élevé aurait posé ses avant-bras de chaque côté de son assiette.

Pas un aboiement, pas une impatience. On aurait

dit qu'ils écoutaient la conversation en attendant les bouchées que Jean-Louis et Madeleine leur donnaient tour à tour, équitablement. J'étais manifestement en train de partager une tradition de déjeuners en commun parfaitement rodés.

Je garde en mémoire le visage de Jean-Louis donnant à manger à ses chiens, ce visage anguleux devenu tout à coup très doux, plus rond, un pli tendre au coin de la bouche, et cet œil facilement aigu, plissé à la chinoise dans la tension ou l'expression théâtrale, adouci par une paupière relâchée, une expression totalement sans défense. Tant de douceur et d'abandon, soudainement, chez cet hyper-actif nerveux...

Je suis certaine que notre déjeuner aurait été plus rapide – voire écourté – si j'avais manifesté une réticence à manger avec les chiens à table. Jean-Louis aurait été moins disponible, moins détendu, car il aurait mal supporté, chez lui, de priver ses chiens et de se priver lui-même d'une intimité très précieuse qui devait, j'en suis certaine en me souvenant de son visage empreint d'un apaisement presque douloureux, lui être nécessaire

Quant à ma grand-mère, j'ai dit qu'elle donnait le ton à toute la maisonnée en ce qui concerne les rapports avec les animaux. C'est probable, oui. L'esprit de tolérance s'apprend. L'exemple, jour après jour, de la gentillesse et de la sollicitude envers les bêtes incite les jeunes enfants et les proches à se conduire de même Mais cela ne marche pas toujours, l'imprégnation n'est pas infaillible et il peut fort bien se trouver tout à coup un enfant dégoûté par le contact des animaux ou qui n'a pas de sympathie pour eux dans une famille qui les aime. A contrario, ma grand-mère a eu elle-même une mère qui détestait en bloc les enfants et les bêtes et ça ne l'a pas empêchée d'avoir une affection instinctive pour ces dernières. D'où lui venait donc cette conviction naturelle – si naturelle qu'il n'était nul besoin de l'exprimer en mots ni de la démontrer tant elle faisait partie intégrante de son caractère – que « les bêtes et nous, c'est pareil » ? Partant de ce sentiment profond, il découle que l'on fait pour elles ce qu'on ferait pour soi-même et surtout qu'on ne leur ferait pas ce qu'on ne voudrait pas qu'on nous fasse.

Les gens qui ont cet altruisme ancré en eux, en quelque sorte « sous la peau », sont-ils si fréquents ? C'est peut-être un don assez rare. Dans ma famille, je crois que seule ma grand-mère le possédait à ce point. Les autres, autour d'elle, aimaient sincèrement les animaux mais à des degrés divers, sans avoir forcément cette affection infaillible, de l'ordre de l'amour maternel, qui fait que l'on n'oublie jamais, si occupé ou préoccupé soit-on, les soins qui leur sont nécessaires. On les nourrit parce qu'on se nourrit, on les abreuve parce qu'on a soif, on les réchauffe s'il fait froid comme on se réchauffe soi-même, sans presque avoir à y penser, puisque nous sommes faits de la même pâte de chair et de sang : des personnes animales aussi importantes que les personnes humaines.

Dans notre famille, si le sentiment de fraternité physique avec le monde animal était plus ou moins éveillé chez chacun, tous partageaient le sentiment que toute vie est précieuse. Un des seuls souvenirs précis et marquant de mon enfance – qui par ailleurs s'est effacée de ma mémoire – est le sauvetage nocturne d'un petit chat. Je l'ai raconté brièvement dans un autre livre, mais il a sa place aussi dans celui-ci.

Les miaulements désespérés d'un chat avaient réveillé la maisonnée en pleine nuit. Sans en être certaine, je supposerais logiquement que ma grand-mère l'avait entendu la première, puisque sa chambre était la plus proche de la rue, et qu'elle avait alerté tout le monde après avoir constaté que, seule, elle ne pourrait rien faire pour le secourir. Ce petit chat, juste en face de chez nous, était tombé dans le Robec, ce canal infect qui charriait tous les déchets des usines du quartier ainsi que les eaux usées des quelques maisons qui avaient la chance d'avoir le tout-à-l'égout. Les parois assez hautes qui formaient le canal étaient donc percées de loin en loin par des tuyaux qui débouchaient assez bas au-dessus de la surface de l'eau, laquelle était d'un niveau assez variable, parfois deux ou trois mètres au-dessous du bord. Le petit chat avait réussi à stopper sa chute en s'agrippant à l'un de ces tuyaux, légèrement en surplomb, et y était resté accroché par les griffes.

J'ai dû être réveillée tardivement par le remue-ménage ambiant car je sais que tout le monde était déjà dans la rue quand j'eus la vision de ce petit chat, de cinq ou six mois peut-être, la gueule ouverte dans une longue plainte, son petit corps si frêle pendu dans le vide au-dessus de l'eau noire – image frappante pour une enfant réveillée en pleine nuit. Et ces adultes incongrûment dehors en chemise de nuit ou pyjama, qui discutaient, couraient de tout côté... S'il tombait à l'eau, sa mort était certaine car le canal se jetait un peu plus loin dans une sorte d'écluse qui brassait d'effrayants tourbillons glauques. Je passais au-dessus tous les jours pour me rendre à l'école, sur une sorte de pont bordé de palissades, et je voyais les remous à travers les planches mal jointes.

Mon père et mon oncle tentèrent, l'un tenant l'autre par les pieds afin de se pencher le plus bas possible dans le vide, d'atteindre le tuyau. Je vois une main, dans mon souvenir, peut-être à cinquante centimètres de la petite bête hurlant de terreur. Non, on ne pouvait pas l'atteindre, on risquait la chute. Il aurait fallu descendre jusqu'au niveau de l'eau… Et les adultes de courir de nouveau de tout côté, dans l'urgence, car on avait pensé tout à coup aux longues échelles en bois que les ouvriers plongeaient dans les énormes cuves antédiluviennes de l'usine de teinturerie voisine. Il a fallu, je suppose, réveiller un gardien, ou la cuisinière de la cantine que nous connaissions et qui avait la clé. Ce n'est pas tout à fait simple de faire ouvrir une usine en pleine nuit, d'y trouver ce que l'on cherche, qui devait bien mesurer six ou sept mètres, et de le sortir sans encombre. J'ai encore la vision d'une immense échelle portée triomphalement à bout de bras dans la rue et qu'on a plongée dans le Robec.

Pendant ce temps, ma grand-mère, accroupie sur le bord, avait encouragé de la voix le petit chat à tenir bon. D'autres gens étaient sortis de chez eux, alertés par le remue-ménage. Ce fut mon oncle, je crois, qui descendit et, très doucement, sans lui faire peur, réussit à prendre le chat contre lui et le remonta.

J'ai encore le souvenir de la réunion joyeuse qui s'ensuivit dans notre petite salle à manger, contraste lumineux et chaud après tout ce temps passé dans le noir et le froid de la rue. Tout le monde riait, parlait en même temps, on était tous heureux. Jamais sans

28

doute je n'ai eu l'impression aussi forte d'une cohésion, d'une manière d'être commune. Et jamais plus forte, sans doute, l'évidence heureuse d'être de cette famille-là...

Mes souvenirs s'arrêtent là, sur le souci de soigner les pattes de la petite bête qui avait les griffes presque arrachées. Mon seul souvenir d'avant mes huit ans, les seules images que je garde en mémoire, avec les humains réduits à des silhouettes s'agitant dans la pénombre, sont celles s'attachant au sauvetage de ce chat. Je ne sais plus s'il est resté à la maison pour faire le treizième, ou le quatorzième...

Ce que je sais, c'est que la vie n'était pas facile en cet après-guerre, et que quels qu'aient été les soucis et la fatigue de chacun, il n'aurait pas été dépensé plus d'énergie, plus d'obstination, plus d'imagination si ça avait été un enfant, au lieu d'un chat, pendu là dans le vide. Combien de gens seraient restés debout la moitié de la nuit pour sauver un malheureux animal ? Combien se seraient arrêtés à la première ou la deuxième tentative pour l'atteindre, ou pire l'auraient fait tomber dans un essai maladroit parce qu'on y va un peu au hasard, sans trop de précautions – tant pis, on a fait ce qu'on a pu, mais après tout ce n'est qu'un chat ? Et combien auraient renoncé à réveiller le gardien de l'usine, la moitié du quartier, et auraient refermé la porte de leur jardin en se disant qu'il ne faut pas exagérer, on ne dérange pas les gens pour si peu...

Oui, je suis incontestablement fière d'être d'une famille capable, sans la moindre hésitation et le moindre scrupule, de faire tout ce tintouin pour sauver une bête.

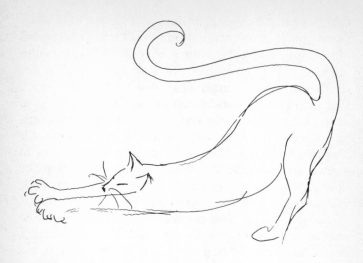

Chats de mon enfance. Petit peuple silencieux et doux. Mes complices…

J'étais la seule enfant dans cette tribu de grandes personnes affairées. Mon oncle, jeune frère de ma mère, était déjà un jeune homme. Tous étaient occupés à construire ou reconstruire leur vie après cette guerre qui avait laissé mes grands-parents sans rien, dans ce faubourg populaire où ils s'étaient réfugiés, après que leur petite ville, Elbeuf, eut été entièrement détruite par les bombardements.

Tous vaquaient soit au-dehors soit au-dedans. Ma grand-mère était couturière et travaillait à la maison. Les hommes étaient ailleurs et elle régentait la « république des femmes », à l'étage. De toute façon, j'ai l'impression qu'on ne s'occupait guère des loisirs des enfants dans ces années cinquante Que les parents s'amusent avec eux, partagent leurs jeux est une

notion très nouvelle, je crois. J'ai un léger ahurisse-
ment quand je vois un petit garçon tirer son père par
la manche pour lui réclamer, avec autorité, de venir
jouer aux petites voitures avec lui. Et l'adulte de se
sentir coupable s'il n'a pas le temps d'obtempérer...
Ça me surprend toujours. Si flous que soient mes souvenirs, mais confirmés par ce que l'on m'a raconté
ensuite, ça ne se passait pas comme ça chez moi.
J'avais des Noëls fastueux – étant la seule jeune
enfant, ce jour était MON jour – où je pouvais avoir
d'un seul coup une poupée, une dînette et un petit
vélo. Et puis après, c'était tout et je me débrouillais
avec. Les adultes faisaient des choses d'adultes et les
enfants des choses d'enfants, à chaque âge son rôle
et ses occupations.

Alors les chats et moi étions les seuls petits de cette
maison, les seuls oisifs à traîner dans le jardin, sous
les chaises, dans les coins. Je leur faisais la dînette,
je les déguisais, je leur racontais des histoires. Je
dormais avec eux. Je les embêtais aussi. Nous étions
pareils, eux et moi, à vivre, tout simplement, et à
rêver, lovés les uns contre les autres.

Les grands étaient vraiment très haut, très loin. Je
ne comprenais pas plus que les chats le sens de leur
agitation, de leurs discussions sans fin.

Et puis un jour tombait sur la tête des petits que les
grands avaient pris des décisions, que des bouleversements allaient avoir lieu. D'abord, un bébé allait
arriver. Ça, c'était une bonne surprise : un petit frère
ou une petite sœur allait grossir les rangs des petits.
Ce serait mieux pour jouer que les chats. Et puis on
allait partir. habiter une maison neuve, en banlieue,
où papa et maman pourraient enfin avoir une vie de

couple indépendante, à l'écart de la tribu. On allait être « chez nous ».

Je suppose que tout cela est resté assez théorique pour moi, jusqu'au jour où je suis vraiment partie avec toutes mes affaires dans une affreuse petite maison en béton toute raide, avec des meubles neufs et trop brillants, où j'avais mes parents pour moi toute seule et un bébé, mais plus ma grand-mère avec ses gâteaux, sa couture et ses tissus partout, plus de tante, plus de jeune oncle, plus de repas bruyants pris en commun, plus de jardin fou, plus de chats dans mon lit – avais-je vraiment gagné au change ?

Il n'y a pas de réponse à cette question, ou bien elle serait tragiquement négative, car à l'aube du troisième mois de ce qui aurait dû être une vie nouvelle, l'affreuse maison mal finie avait tué mes parents, ma petite sœur s'en fut vivre chez la grand-mère que je venais de quitter, et moi j'émigrais avec mes affaires dans ma famille paternelle.

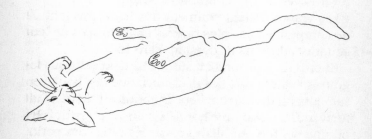

Tout ce qui avait fait mon enfance heureuse et insouciante avait volé en éclats, et les retombées de cendre de cette catastrophe ont obscurci jusqu'à ma mémoire. J'ai tout oublié, puisque j'avais tout perdu.

Et les chats, mes amis les chats, sont restés là-bas, très loin, derrière mon voile noir, les habitants privilégiés, doux et innocents, d'un monde devenu brutalement inaccessible...

C'est une chose étrange d'écrire un livre. On ne sait jamais où cela peut vous entraîner. Surtout un livre comme celui-ci, qui n'est pas un roman, où l'on parle autour d'un sujet, sans personnages, sans action inventée, sans plan qui vous cadre l'imagination – sans garde-fou, si j'ose dire.

Il y a un point de départ, bien sûr. Un point parfois ténu, même apparemment léger et indéfini, dont on ignore encore qu'il a peut-être mis des années à mûrir et qu'il va vous entraîner, comme un leurre, à dévoiler un sujet plus profond que vous ne le supposiez au départ, mais en tout cas quelque chose d'assez fort pour que vous ressentiez la nécessité de le partager. D'abord, je voulais brièvement raconter l'histoire de deux chats qui ont traversé ma vie, accompagné un temps mon existence, que je n'ai ni cherchés ni choisis, mais qui ont été sur mon chemin ce que j'appelle des « chats de hasard ».

Je m'étais toujours demandé si le côté fortuit de leur rencontre – pas d'achat, pas de recherche d'adoption – n'avait pas été la base des rapports exceptionnels que j'ai eus précisément avec ces deux-là. Puis aussi quelle est la nature de cette relation, dont on parle finalement assez peu, qui peut avoir une qualité telle que vous la ressentez à l'égal d'une véritable amitié, ou d'un bel amour ? Et le chagrin et le vide que ces bêtes, qui avaient « quelque chose en plus », laissent après leur disparition.

Nombre de gens, j'en suis certaine, chérissent en secret le souvenir d'un chien ou d'un chat merveilleux, et regrettent son absence autant, sinon plus, que celle de leur grand-mère, de leur parrain ou oncle décédés. Ils n'osent guère le dire, bien sûr, et s'en font le reproche intérieurement : « Ce n'est tout de même qu'un animal… Suis-je un monstre ? »

Donc, il ne s'agissait pas d'écrire bêtement l'histoire de ces deux chats, ce qui n'intéresserait vraiment personne, mais de réfléchir sur le sujet ou surtout autour du sujet.

On se met donc « en état d'écriture », ou plutôt quelque chose d'assez mystérieux, une nécessité non encore révélée, vous y a poussé. Chez moi, cet état est assez rare. D'abord parce que j'ai un autre métier et que je ne prends pas la plume régulièrement pour gagner ma vie ou par discipline professionnelle. J'attends donc une évidence, et voilà cinq ans qu'aucune évidence ne m'a poussée à « faire » un livre.

Au début, c'est tout petit. C'est là, pourtant. Mais si flou, si mouvant. Ça se dérobe dès qu'on veut le cerner. Parfois, un simple souci domestique, un rien fait s'évanouir l'évidence et on se dit, désemparé, que ce n'était peut-être rien – rien à dire… Et puis ça revient. Alors il faut se mettre à l'écoute, faire taire en soi, et autour, tout ce qui peut brouiller cette sorte de petite musique ou d'écho encore faible et lointain. On va se mettre à l'écart, au calme, seul ou non – l'agitation citadine n'est pas, pour moi, très propice à l'écoute des échos lointains – dans un état de gestation fragile et inquiet, car ce qui va naître est encore indéfini.

On prépare la pièce, la table d'écriture, on tournicote, à la fois affairé et absent, tout à fait comme une chatte prépare son coin pour mettre bas. Deux, trois livres pondus précédemment suffisent – et même un seul quand on met des années à le pondre – à créer des manies, voire une maniaquerie que l'on respecte comme une tradition précieuse, à votre seul usage, avec l'espoir que si l'on a tout reproduit, tout scrupuleusement mis en place, « cela » viendra plus aisément. La même sorte de stylo, le même classeur pour ses pages, le même papier surtout – « non, pas à grands carreaux, à petits carreaux, s'il vous plaît »... Et puis, étant personnellement une frileuse aux manches toujours retroussées au-dessus des coudes, le tapis sur la table, sous le cahier, pour n'avoir pas froid aux avant-bras, car, on le sait déjà, ils resteront longtemps, longtemps posés de part et d'autre du papier blanc, le stylo en attente au bout des doigts...

Il faut bien commencer, se jeter, rompre le silence. Alors on commence par le début, on écrit un préambule. Voire deux, trois manières de préambules. A penser que tout le livre ne sera que sortes de préambules tournant en cercles concentriques autour d'un sujet sans jamais parvenir à le toucher exactement, car c'est toujours de l'ordre de l'indicible, douleur si grande qu'elle est réduite au cri, amour muet qu'on ne sait définir, et c'est pour ça justement qu'on se lance dans un livre, car les humains sont ainsi faits qu'ils cherchent toujours à mettre leurs émotions en mots...

Et puis – mais pour cela il faut bien deux ou trois livres – on apprend à déjouer ses propres ruses, sa lâcheté devant l'effort. C'est ainsi que j'ai dernièrement acheté une bouteille Thermos, apport nouveau dans la tradition des objets qui meublent la table d'écriture, pour m'empêcher de me lever à tout bout de champ en quête d'un petit café ou d'un petit thé que je ressentais indispensables et qui n'étaient que prétextes à m'éloigner de mon travail. Tout écrivain – et j'ai un peu scrupule à employer ce qualificatif en écrivant si rarement – connaît ces dérobades. Il est difficile de s'imposer à soi-même, sans que personne ne vous le demande, de la discipline et de la rigueur, surtout pour un résultat incertain. Et les heures sont nombreuses où il vous semble même improbable ! On se sent comme un soldat au garde-à-vous alors que personne ne passe. Et dehors il y a les roses, et au téléphone les amis... Qu'est-ce que je fais là, devant cette page blanche, l'œil vide et l'expression butée ?

Alors on se dit qu'il ne sert à rien de vouloir forcer les choses. On met l'obstination en berne, on capuchonne le stylo, on vide la Thermos devenue tiède. Et on rêve, on laisse aller, on sort. On se promène du pas un peu mécanique des chevaux de manège qui font leur tour habituel. Ayant dénoué tout à coup le carcan d'exigence qui vous maintenait attelé à la table, une fatigue sans fond vous saisit. Et l'on se met à dormir, dormir, d'un sommeil profond et délicieux, d'un de ces sommeils peuplés de rêves lointains et qui vous laisse, au réveil, dans un état de légère ivresse, d'innocence première dont on a regret à sortir.

C'est un de ces matins où, le dos appuyé à l'oreiller, je retardais le moment de poser le pied par terre, de m'engager dans la réalité d'une journée nouvelle, que les chats de ma grand-mère m'ont fait un merveilleux cadeau : ils m'ont rendu le souvenir de ma maison d'enfance et aussi celui d'une partie de ce quartier qui fut détruit. Cadeau extraordinaire, oui, et si doux, que cette résurrection soudaine d'une mémoire que je croyais morte...

Depuis mon départ de cette maison, à huit ans et demi, et la grande catastrophe familiale, la mort de mes parents, tous mes souvenirs « d'avant » s'étaient éteints. Une occultation salvatrice, sans doute, pour qui a à oublier, à survivre après un tel choc. Au bout de trente ans de fuite dans la vie en voulant ignorer mes morts, j'entrepris d'écrire un livre, *Le Voile noir*, à propos de ce deuil impossible, en m'appuyant sur des images prises par mon père photographe. J'ai scruté ces photos – mais aucune, malheureusement, de cette maison d'enfance ni de mon quartier, à part une pompe sur un trottoir – en espérant ardemment, presque désespérément, que je pourrais récupérer une partie de ma mémoire, donc de mon enfance perdue. Puisque maintenant je le voulais, que je ne fuyais plus, pourquoi donc ne pouvais-je retrouver aucune image, aucun visage ? J'avais tout de même bien vu, touché ces choses et ces gens, comment se pouvait-il que rien ne me fût rendu, même fugitivement ?

Je passai ainsi quatre ans, cinq ans, à aboutir l'écriture de ce livre en me révoltant douloureusement contre cette amputation d'une partie de moi-même. Puis je me rendis à l'évidence : la volonté n'y pouvait rien, mon voile noir était terriblement, peut-être définitivement, opaque. Toutefois, j'espérais secrètement que, me détournant de trop d'espoir et de trop d'effort pour forcer ma mémoire, elle me serait accessible un beau jour, miraculeusement, comme s'ouvrirait subitement une porte une fois que l'on a cessé de taper dessus…

Deux ou trois ans après, cet espoir-là aussi s'est éteint. D'autant que beaucoup de lecteurs, entre-temps, m'avaient affirmé n'avoir aucun souvenir de leurs jeunes années sans avoir vécu de drame, sans choc, sans traumatisme. On pouvait donc tout oublier comme ça, sans raison particulière ? Alors, moi qui en avais de trop bonnes !

Certaines personnes souffrant de ce genre d'amné-sie peuvent toujours aller sur les lieux où elles ont vécu pour tenter de raviver quelque réminiscence. Moi, non. Je ne trouverais que du béton, une rocade d'autoroute, un quartier rénové avec, dans un coin, une adorable petite coulée d'eau proprette entourée de géraniums, qui est censée rappeler que le Robec se trouvait là, et qui est à se tordre pour ceux qui ont connu la chose dans l'état originel.

J'ai même fait quelques démarches aux archives de la mairie de Rouen pour savoir s'il existait des documents sur ce quartier du faubourg Martainville. Rien. Je me suis procuré un livre sur le vieux Rouen d'avant la guerre, qui comptait une seule photo du curage périodique du Robec dans les années trente, image digne de Zola. Deux films amateurs ne m'ont offert qu'un bateau en papier flottant dans un caniveau, quelques gros plans de trognes sous-prolétariennes du quartier... Rien. Rien. La perte était irrémédiable.

Et voilà qu'en ce petit matin où je m'éveillais en songeant qu'il est si doux, si moralement apaisant, de penser aux bêtes et à leur amitié muette, j'évoquais légèrement, tout à fait sans défense, sans rien forcer, sans même de regrets, ma grand-mère et ses poules, mes treize chats, ceux du quartier... Toutes ces choses que l'on m'a surtout racontées par la suite et qui sont restées les seules que je sais de mon enfance, mais sans rien voir.

Et soudain, ce matin-là, comme en un rêve éveillé, m'est apparue l'image d'un chat, au coin d'un porche, tout pelé, une tache sur l'œil. Il a détalé vers l'intérieur d'une cour, le ventre à terre. Puis j'en ai vu un autre, maigre, noir, un peu plus tranquille, sur l'un des ponts qui enjambaient le Robec. Immobile dans mon lit, je m'aperçus – je n'y avais pas pris garde, concentrée que j'étais sur les images des chats qui me venaient à l'esprit – que je voyais aussi les pavés sous le porche, quelques mauvaises herbes au pied d'un mur en torchis, une porte en bois noir, plus loin... Puis que ma vision du chat sur le pont étant très lointaine, juste une silhouette, elle me permettait de voir toute la rue, MA rue, en bordure du canal, en enfilade. Des pavés, toujours, un trottoir étroit du côté de notre maison, un long mur assez bas. Et j'ai vu, en m'approchant, que le pont était doté d'une simple rambarde en fer et qu'il débouchait dans une sorte de cour d'usine assez grande, et que ce côté-là du canal, à l'opposé de la rue, avait de très hauts murs en brique, avec une base en pierre grise qui tombait à pic dans le Robec.

Et j'ai suivi la rue, qui faisait un angle, puis un autre, avant ce passage sur les remous du Robec qui se jetait dans une sorte de rivière qui le croisait là. J'ai vraiment vu les remous sous moi, et entre les planches à demi pourries d'une palissade qui bordait le pont, comme si l'on avait voulu cacher l'eau affreusement sale.

J'ai continué en pensée un peu plus loin, vers le plus vétuste, le pire du quartier, cette sorte de carrefour où il y avait toujours des femmes criardes avec leur seau autour d'une pompe, sur la gauche, et en face, à un coin de rue, un café d'angle plein de poivrots. La rue remontait ensuite vers les grands boulevards qui entourent la ville, là où, la rue s'élargissant, les groupes de maisons deviennent plus clairsemés. Je me suis arrêtée là, j'avais compris que j'étais en train de revoir le chemin que je faisais pour aller à l'école Marcel-Buquet, là-haut, sur les boulevards, près d'une église – celle où aurait lieu l'enterrement de mes parents, plus tard…

Et toujours immobile, assise dans mon lit, sans hâte et sans crainte, je suis revenue mentalement sur mes pas, notant quelques détails des rues au passage, pour aller vers ma maison oubliée. Toute la fin du parcours fut « sautée », car intervint brusquement l'image d'un chat sur un mur, de ceux qui venaient le soir visiter notre jardin et nos chats à demeure. Du coup, j'ai vu du lierre sur le mur, puis une petite porte dans un renfoncement que j'ai reconnue comme étant celle qui donnait sur l'usine voisine, tout au fond du jardin – mais oui, c'était comme ça... A peine ai-je eu le temps de distinguer quelques détails qu'un autre chat a surgi dans mon esprit, toujours sur le mur mais de l'autre côté de la cour, un noir et blanc, qui en a longé le faîte pour sauter sur un toit à une pente qui recouvrait un petit bâtiment. Et j'ai pensé : « Mon Dieu, c'est vrai, le poulailler n'était pas directement dans l'angle, il y avait cette petite remise en brique ! A quoi servait-elle ? » Pas le temps de distinguer les choses plus précisément, de trouver une réponse, car j'ai vu deux de nos chats couchés tête-bêche sur le rebord assez large d'une fenêtre. C'était au premier étage de la maison, car j'apercevais le jardin en contrebas derrière eux. Il faisait beau, leur poil noir luisait dans la lumière. Et, du coup, j'ai vu le mur sous la fenêtre, noté qu'il n'était pas très haut, et le sol couvert de lino, et l'enfilade des pièces – c'était comme ça, oui, c'était ça...

J'arrête là une description ennuyeuse pour qui n'a pas été élevé dans cette maison-là, mais je l'ai revue tout entière, ou presque, en suivant mentalement les chats. L'un d'eux m'a offert la vision du cosy-corner qui entourait le lit où il était couché, un autre m'a montré le chemin du cagibi où je rangeais mes jouets, dans le vestibule de l'entrée, en bas, sous l'escalier, de plain-pied avec le jardin, et j'ai eu soudain l'image très nette d'un chat assis sur une petite chaise devant une dînette que j'avais disposée sur une table minuscule. Oh ! j'arrête, oui, mais c'est un tel cadeau...

Tout, j'ai tout retrouvé. Pendant environ une heure j'ai été, dans cette maison oubliée, comme au cinéma – juste un descriptif des lieux – guidée par les chats. A noter, et cela m'a paru curieux, que c'était presque en noir et blanc. Je dis presque car les couleurs étaient éteintes, non discernables, mais sans le graphisme épuré du noir et blanc. Je voyais les choses comme cadrées assez précisément par un objectif d'environ 50 mm, puisque pour aller plus avant ou sur le côté j'avais une impression de balayage panoramique. Mais ce n'est peut-être pas étonnant, car cet objectif est celui, paraît-il, dont l'angle de vision se rapproche le plus de celui de l'œil humain.

J'ai noté aussi que, si j'avais une certaine souplesse d'action, je ne pouvais pas aller tout à fait où je voulais. Une vision s'offrait à moi, j'avais parfois le loisir de m'y attarder, d'en explorer les détails, mais sous un certain angle. Je ne pouvais pas, par exemple, me retourner en pensée pour voir ce qu'il y avait dans mon dos. Ainsi, je suis repartie plusieurs fois dans ma rue, le long du Robec, mais toujours dans la même direction, vers mon école. Impossible de revenir sur mes pas, de voir la rue dans le sens opposé.

Et puis les images se coupaient, une vision chassant l'autre assez abruptement, tout à fait comme un montage de plans cinématographiques muets, un peu estompés, bribes désordonnées, vestiges d'une histoire oubliée. Il est vrai que le fait de ne voir aucune personne, seulement les chats, donnait à ce décor un aspect irréel et un peu fantasmagorique – ces pièces vides, cette longue rue déserte – comme s'il m'avait été donné de visiter le vaisseau fantôme de mon enfance.

Une exception toutefois : le sauvetage du petit chat, seul événement dont j'avais gardé quelques bribes dans ma mémoire, et qui s'est enrichi ce matin-là de nombreux détails visuels et anecdotiques, notamment une vision très nette de ma mère et de sa sœur, ma tante. Je devais être accroupie à côté de ma grand-mère, au bord du canal, car cette image était très en contre-plongée. Mais il est vrai que j'étais petite à l'époque! Au moment où les hommes sont revenus portant l'échelle de l'usine à bout de bras, les deux femmes se sont écartées pour les laisser passer, coude à coude. Elles avaient des manteaux posés sur leurs épaules, par-dessus leur chemise de nuit. Ma mère n'avait pas enfilé les manches, elle en serrait les pans contre elle, les bras croisés devant la taille. Elles ont laissé passer l'échelle en bavardant et en riant, comme des gamines qui profitent de l'occasion pour s'amuser, mais sans participer à l'action, spectatrices, un peu à l'écart.

J'ai vu ma mère rire...

Une heure, oui, tout cela a duré à peu près une heure et puis ça s'est arrêté, tout doucement. J'ai envie de dire que cela s'est éteint, ou tari A moins que ce ne soit moi qui me sois arrêtée... J'en avais assez vu peut-être?

Je suis restée un moment encore assise dans mon lit, dans la maison silencieuse, seule face à la campagne calme et un peu grise de ce matin-là que je voyais de ma fenêtre. Sa réalité reprenait le premier plan, chassait les dernières images, et j'étais en proie à une autre surprise: mon manque d'émotion. Ou du moins j'ai du mal à appeler «émotion» un sentiment si doux, presque atone à force de non-violence, d'évidence tranquille. J'avais tant souhaité, attendu un moment comme celui-là, pendant des années, que je pensais en être toute retournée si enfin une bribe de cette enfance perdue réapparaissait. J'imaginais que je n'aurais pu contenir mes larmes, que j'aurais mis au moins trois jours à m'en remettre. Au lieu de cela, je me suis dit calmement : « Tiens, voilà, c'est arrivé… »

La chatte nouvellement adoptée, couchée près de moi, qui ne me quitte pas depuis que j'ai commencé à écrire ce livre, a levé la tête. J'ai reçu son beau regard doré et je crois que je lui ai souri. Pour un peu, je l'aurais remerciée…

La table d'écriture m'a semblé accueillante et tranquille elle aussi. Et je me suis dit qu'il était temps de faire une Thermos de café.

Quand on a vécu ses huit premières années avec une grand-mère comme celle-là, on garde un grand sens de la responsabilité envers les animaux que l'on prend avec soi. Accepter qu'une bête entre dans sa maison, s'y installe à demeure, inclut du même coup l'engagement de lui rendre la vie la meilleure possible, suivant ses moyens, de l'aimer et d'en prendre soin jusqu'à sa mort, quoi qu'il arrive. C'est comme un mariage ou une véritable adoption. Si c'est un chat ou un chien on « en prend » pour quinze à vingt ans. C'est dire si c'est grave et s'il faut bien réfléchir avant d'ouvrir sa porte et son cœur. Rien ne doit être fait ou décidé à la légère. Dans cette optique, c'est une personne à part entière qui va s'installer chez vous, une personne-chat, une personne-chien ou une personne-cheval, en tout cas quelqu'un dont il faut découvrir le caractère, avec ses qualités et ses défauts, et avec qui il faut chercher à avoir une relation particulière, parfois surprenante, l'entretenir et l'enrichir ensuite – sans parler des soins physiques. Cela demande beaucoup d'attention, d'ouverture envers une manière d'être animale dont on ne possède pas les codes – et pour cause – donc un don d'observation, de la tolérance, de la patience et de la disponibilité. Cela requiert aussi de trouver un statu quo entre son propre mode de vie, ses besoins, et les siens, voire d'adapter légèrement sa maison.

L'intolérance de beaucoup de gens envers l'être animal se traduit d'ailleurs souvent par des détails domestiques. On veut une bête avec soi – ou pour faire plaisir aux enfants – mais on ne supporte pas qu'elle bouscule quoi que ce soit. C'est elle qui doit s'adapter entièrement à l'ordre humain : ne pas faire de bruit, ne pas faire de traces, ni laisser des poils sur les fauteuils, ni avoir envie de manger ce qu'on laisse traîner.

J'ai connu une personne qui « craquait » régulièrement pour la douceur des chats – c'est si mignon, surtout quand c'est petit... Elle n'a pas eu le temps de découvrir ce qu'ils seraient devenus en grandissant car ils n'ont jamais vécu plus de quelques mois chez elle. Les deux premiers n'ont d'ailleurs pas vécu plus de quelques mois tout court, car ils sont morts par négligence et manque d'attention. On peut, je pense, qualifier de manque d'attention le fait de laisser les portières d'une voiture ouvertes au bord d'une route très fréquentée en « oubliant » qu'on a un jeune chat en liberté à l'intérieur... Le deuxième est tombé de la fenêtre du sixième étage, aussi par inadvertance, car elle a secoué un chiffon devant son nez alors qu'il était en équilibre sur une rambarde étroite. Le troisième, plus chanceux, fut donné à d'autres gens parce qu'elle trouvait insupportable qu'il laisse des traces de pattes dans la baignoire et qu'il essaie de grimper dans les placards pour se coucher sur le linge. Je crois que cette personne a fini par se rendre compte que, si les animaux étaient normaux, elle-même était entièrement inadaptée à la vie avec eux, et qu'il valait mieux calmer ses envies périodiques de douceur avec une peluche !

Passons, quoiqu'il y ait beaucoup à dire sur ces grandes personnes tout à fait immatures sur ce sujet et qui, malheureusement, sont légion à tenir l'animal familier pour une sorte d'objet d'agrément avec un manque total de considération pour ce qu'il EST.

Si tant est qu'on soit responsable et prêt à accepter l'animal physiquement et matériellement, en toute connaissance de cause, encore faut-il cultiver une disposition morale qui n'est pas forcément évidente chez tous : la constance. Il ne s'agit pas de se lasser, de l'oublier six mois après – sans aller jusqu'à parler des abandons pour cause de déménagement ou de vacances : indignités suprêmes. Il n'est pas question de détourner son intérêt de lui parce qu'autre chose de nouveau vous occupe dans la vie, car l'affection de l'animal, elle, sera indéfectible. En effet, si l'on a fait le minimum pour se faire aimer d'eux, les animaux sont naturellement enclins à la fidélité. Chez eux, il n'y a pas de lassitude, de retour de flamme, de trahison, de caprices possibles, pas même, normalement, de sautes d'humeur, sauf passagèrement chez quelques individus caractériels. Ils ignorent les complications sentimentales. En tout cas, il n'y a pas de régression dans leur affection pour vous. Et c'est ce qu'il y a de merveilleux et de rassurant dans une relation amicale avec un animal : elle ne peut que progresser si vous avez su développer en vous une constance et une loyauté égales aux siennes.

Cela demande quelques efforts, car ces qualités sont rarement infaillibles chez l'être humain. Les développer au contact de nos compagnons à quatre pattes peut d'ailleurs, j'en suis convaincue, être un bon entraînement pour améliorer nos amours et nos amitiés humaines... Certains iront même jusqu'à penser que les bêtes nous aiment « mieux » que nos semblables infidèles et frivoles, et se consolent ainsi de leurs échecs ou de leurs déceptions. C'est un pas hasardeux que je me garderai bien de sauter. C'est faux, je pense. Mais nous avons à apprendre, oui, à progresser en tendant vers les qualités simples de nos animaux familiers.

Enfin voilà à mon avis – et ma grand-mère et les huit premières années de ma vie que je passais avec elle ont imprimé cette évidence en moi – les dispositions d'esprit requises pour prendre un animal avec soi. Et voilà en grande partie pourquoi je n'en ai pas eu pendant vingt ans : j'étais incapable de les assumer.

D'abord, il y eut une véritable rupture. La famille de mon père, qui m'accueillit après le choc de la mort de mes parents, n'avait pas du tout le même état d'esprit vis-à-vis de la gent animale. Ma grand-mère paternelle avait une dureté toute paysanne, et la frontière était nette entre elle et les bêtes : elles dehors et nous dedans. Elle ne les traitait pas mal et elle aimait probablement son chien, mais il était perpétuellement attaché à sa niche, assez loin de la maison, et elle n'avait nulle envie qu'il traîne dans ses jambes et ramène des saletés à l'intérieur. Il y avait assez à faire comme ça.

Une vie très dure, deux guerres, deux veuvages la laissant avec plusieurs enfants à nourrir lui avaient donné une science extraordinaire de l'économie, l'ingéniosité de tout faire, réparer, avec presque rien. Tirer parti de tout, faire durer les choses, nécessité vitale au départ, était devenu vers la fin de sa vie un véritable caractère. Tout gaspillage était une insulte à son ordre moral, qui n'avait rien à voir avec l'avarice : se servir de tout et ne rien jeter qui puisse être utile. Pour les détails dont je me souviens, on recousait les robes sur l'envers quand l'endroit était élimé, cela donnait l'illusion du neuf, et un vêtement pouvait durer ainsi deux ou trois saisons de plus. Les restes de savonnettes étaient gardés dans une boîte et refondus ensemble quand il y en avait assez pour façonner quelques nouveaux savons – ce qui m'amusait beaucoup, je m'en souviens, car ils étaient multicolores et tous différents suivant la proportion de morceaux bleus, roses ou blancs qui les composaient. Tous les fruits trouvés dans la nature ou ramassés le long des routes étaient utilisés, conservés. Ma Normandie natale regorgeant de pommes, on en mangeait jusqu'à l'écœurement, toute l'année. Le bouillon des légumes, la peau du lait, la graisse récupérée, tout servait, et l'art d'accommoder les restes était au moins pour moitié dans le savoir-faire de la cuisinière.

Un tel caractère, forgé par les rudes origines paysannes, les guerres et les malheurs privés, âpre à survivre, à respecter comme vertus premières la rigueur de l'économie et la loi du strict nécessaire, n'est pas spécialement enclin à la frivolité... Dans cet état d'esprit les animaux aussi doivent être utiles, et établir avec eux une complicité, un rapport privilégié – ce qui demande du temps et de l'attention – est de l'ordre du superflu. On avait quand même autre chose à faire ! Le chien gardait la maison, les poules et les lapins servaient à se nourrir et on les tuait proprement, sans état d'âme, quand il le fallait. Si chat il y avait, animal improductif et paresseux par excellence, on le nourrissait peu pour qu'il chasse les souris du cellier. C'était là son utilité et la raison, sans doute, pour laquelle on le tolérait. S'il était gentil et câlin en plus, tant mieux, on le caressait, mais on n'aurait pas pris un chat seulement pour ça.

Je ne sais quels ont été les rapports de mes deux grand-mères, mais je devine aisément que celle-ci devait juger sévèrement une femme du même âge qu'elle capable, ayant subi elle aussi les guerres et perdu tout ce qu'elle possédait, de dormir avec ses poules, de nourrir treize chats pour rien et de faire tout à coup dix gâteaux le même jour parce qu'on avait décidé de faire un repas de fête. Quel gaspillage ! Quelle perte de temps et d'énergie dans ces gamineries !

Plus d'animaux dans ma vie, donc, car ils ne comptaient pas dans cette maison-là. Juste ce chien attaché dehors, Marco, qui m'a mordue un jour que j'essayais de le caresser. Je ne m'y suis plus risquée. Et il est resté si loin de moi que je ne sais même pas quand ni comment il est mort. Peut-être est-il demeuré dans cette maison des environs de Rouen quand nous l'avons quittée ? Car un déménagement en ville, qui rendait plus facile ma scolarité au lycée, acheva ma rupture totale avec le monde des bêtes. Je les ai oubliées, elles aussi.

Je réagissais à la mort de mes parents de la façon la plus brutale qui soit, en me lançant vers la vie avec une force et une gaîté que j'oserais qualifier d'impitoyables. Pour en être capable, il fallait tout rayer : les morts, la vie d'avant, les souvenirs de bonheur, de vacances, tout, jusqu'à la douceur des chats.

Il est vrai qu'on peut fort bien se passer des animaux. Et je n'avais que faire de leur présence qui m'eût portée à m'attendrir, à amollir mes défenses. Il n'était pas temps. Au contraire, c'était l'heure de se reconstruire, de nier le deuil et la tristesse, de se trouver, d'aller de l'avant en pensant à soi uniquement. L'élan vers les disciplines artistiques m'y aida. Dans ce qu'elles demandent de recherche, de mouvement, de fuite dans l'imaginaire, j'avais trouvé une voie idéale pour m'inventer une vie.

Je partis à Paris, très tôt. A dix-sept ans, j'avais une vie de jeune fille indépendante, puis de jeune femme autonome, très libre. Je travaillais, je voyageais, je sortais beaucoup, je vivais en meublé et je n'avais rien à moi. Aucune attache, amoureuse ou autre. Quelle place aurait pu avoir un chien ou un chat dans cette vie ? Je ne songeais même pas à en prendre un, tout occupée à bouger sans cesse, à me battre pour gagner ma place de professionnelle dans le métier de comédienne, chose peu aisée pour une fille jolie. Car j'étais plus que jolie, je crois, et cet atout indéniable – dont j'aurais mauvaise grâce à me plaindre ! – est aussi un piège et un handicap en ce sens qu'il faut prouver sans cesse qu'on a une personnalité derrière l'agréable façade. L'incrédulité des autres à ce sujet n'a pas de bornes, quand une solide misogynie ambiante, dont je fis l'expérience ces années-là, ne vous rejette pas sciemment dans le rôle appauvrissant du bel objet. A la fois prendre des risques et s'affirmer, se découvrir et se protéger, voilà qui remplit pas mal d'années et vous rend moralement et physiquement inapte à beaucoup d'autres choses, notamment au calme et au silence des chats.

Mais tout au fond de moi, ils avaient leur place, très présente. Je savais avoir cette affection particulière pour eux, mais elle était pour un temps – un peu long : vingt ans – comme tenue en sommeil, en attente.

Parfois, chez des gens, j'en rencontrais un qui venait vers moi. J'en étais secrètement émue, presque reconnaissante. Je me souviens avoir passé toute une soirée avec un chat sur les genoux, fort peu attentive à la conversation car entièrement concentrée sur lui, à écouter en moi l'écho lointain d'une tendresse que j'avais connue – « ce n'est pas si loin, non, pas si loin... »

Mais j'ai facilement résisté à la tentation d'en adopter un. Je n'étais pas prête, j'avais d'autres choses à faire, à résoudre. D'abord, mon sens de la responsabilité s'y refusait. Quelle qualité de vie aurais-je pu offrir à un animal, toujours par monts et par vaux, en tournée théâtrale, en festival, dormant ici ou là et ne tolérant aucune entrave à ma liberté ? Mais aussi une résistance plus floue, encore indéfinie, me retenait. A tel point que je ne me souviens pas avoir eu une réelle occasion de prendre un animal avec moi. Est-ce un hasard ?

Non, ce n'est pas un hasard et, si occasion il y a eu, j'ai voulu l'ignorer. Je sais maintenant, et seulement avec certitude depuis que j'ai commencé ce livre et que me fut rendu par les chats le souvenir de ma maison d'enfance, qu'il était impossible que je les laisse entrer dans mon existence pendant ces années-là. C'eût été dangereux pour mon équilibre de funambule au-dessus de l'oubli, un rappel trop puissant d'une enfance blessée et une tentation trop grande d'affaiblir ma tension constante vers l'action et l'ailleurs. Le chat, spécialement lui, porte au retour sur soi et à la vie intérieure. C'est pourquoi il est rejeté des hyper-actifs et des gens qui ont besoin de démontrer leur pouvoir, comme de ceux qui veulent nier leur faiblesse, leurs incertitudes.

Pour ma part, il ne s'agissait pas d'un rejet, au contraire. Je les connaissais et les aimais assez pour savoir d'instinct qu'il eût été incongru de mêler ma vie d'alors à leur monde, et je le savais si précieux pour moi, si délicat et digne d'attention que je n'aurais pas fait l'erreur de le rejoindre trop tôt. Il fallait que je continue d'aller de l'avant en occultant ma douleur d'orpheline, enfouie tout au fond de moi. C'est au prix de ce contrôle, sans doute, que je gardais mes forces. Laisser émerger trop tôt cette partie si fragile de moi-même m'eût mise en péril. Je n'étais pas encore assez stable, assez affermie dans mon devenir pour pouvoir l'affronter.

Mettre au milieu de ma vie solitaire d'alors la douceur et le silence d'un chat ? Rester en tête à tête avec lui ? Je ne connais rien de comparable au silence pensif des chats. Il emplit l'atmosphère d'une qualité très particulière. Pour peu que l'on veuille bien s'arrêter un moment pour être à l'unisson avec lui, ce silence devient contagieux. On le voit, lui, le chat, éveillé et ailleurs, son beau regard fixé devant lui. On s'assoit là, la main posée sur son dos. Le temps soudain suspendu, on se prend, l'œil perdu dans le vague, à laisser errer son esprit, doucement. Puis, tout à coup, un blanc, une bulle de néant vous a saisi et vous ne savez plus combien de minutes vous êtes resté là, et où vos pensées sont allées divaguer sans contrôle. Puis on revient à la réalité, celle du temps compté, de l'ordre, du raisonnement, on s'éveille comme d'un petit voyage. Où était-on ? On ne saura pas dans quelle part de soi informulée, inconnue, le rêve du chat nous a entraîné...

Et aussi, dormir avec un chat ? Accueillir contre soi cette confiance veloutée, cette chaleur qui se blottit, s'enroule sur elle-même, comme vous le faisiez dans le ventre maternel avant la dureté du monde. A ce contact, on a envie de se lover pareillement, de retrouver la chaleur et l'abandon innocent de son enfance, le nez dans la fourrure comme autrefois vous l'aviez dans la douceur d'un sein. On se laisse aller... Oubli ? Retour ? Soulagement indicible et à la fois émergence d'un manque terrible, d'un appel enfoui, jugulé, qui, si on s'y laisse prendre, vous emmène jusqu'au sanglot, jusqu'au cri. Et que

56

restera-t-il de vos forces si vous vous y laissez aller ?

La douceur du chat ramène insidieusement à un féminin initial. Si, comme on s'arrête au bord d'une pente raide en ayant peur que les jambes ne flanchent, vous laissant rouler jusqu'à je ne sais quel tréfonds, vous avez encore à éviter ce rappel d'un besoin fondamental, mieux vaut pour quelque temps encore dormir seule, toute droite, lisse et intègre entre les draps, d'un sommeil réparateur de muscles fatigués et de nerfs trop tendus, mais sans abandon véritable et profond. Pendant toutes ces années, et plus tard encore, je suis sortie de la nuit comme d'un trou opaque, sans aucun souvenir de rêves, commençant les journées, les unes après les autres, comme on ouvre une porte au sortir d'un espace noir et vide où il ne s'est rien passé.

Mon travail au théâtre portait ses fruits, je ne m'ennuyais jamais. Je n'avais pas de réelles amitiés féminines. Je préférais me colleter amoureusement au masculin, dans une sorte de camaraderie gymnique – fort mal comprise des hommes, venant d'une femme, alors qu'eux-mêmes la pratiquent couramment, certains clamant haut et fort qu'ils ne sont nullement impliqués sentimentalement dans l'amour physique – qui me laissait aussi lisse et intègre que mon noir sommeil, propre, intacte, sans que mes défenses ne soient entamées. Aucun risque, le front contre une épaule, comme le disait Colette « à la douceur d'un édredon bourré de cailloux », d'éprouver le regret d'une tendresse, d'une faiblesse si lointaine et si irrémédiablement perdue…

Puis vient un jour où on se lasse de tant de force, de tant d'impunité. On regarde autour de soi comment vivent les autres, et le doute, les questions viennent insidieusement vous assaillir. Est-ce bien normal d'être ainsi? Ne pourrais-je faire autrement que de vivre au jour le jour, uniquement pour moi, sans rien construire, et ne m'impliquer dans rien d'autre que d'éphémères spectacles, comme l'oiseau sur la branche qui se contenterait de chanter en négligeant de se faire un nid? Libre, certes, mais pour quoi, pour qui? Les bulles de silence, un malaise flou, des moments « à vide » commencent alors à apparaître, à freiner ce survol perpétuel de sa propre vie. On finit par se sentir très lourd de tant de légèreté. Il faut changer, se poser. Dix ans avaient passé ainsi – est-ce trop, dix ans, pour commencer à grandir? Prolonger trop longtemps un système d'existence périmé est nuisible, encore faut-il en prendre conscience...

S'il y a une chose que je sais sur moi-même, c'est que je ne suis pas de la race des girouettes. Pour amorcer un virage, un changement dans ma vie, j'ai la lenteur, la lourdeur désespérante d'un paquebot sur sa lancée qui doit virer de bord. Et encore le vent doit-il siffler un bon nombre de mois ou d'années à mes oreilles pour que je me décide à aller dans le bon sens. Je m'accroche, je m'écrase, je déploie toutes mes ressources d'inertie pour ne pas bouger. Il faut autour de moi une sécheresse de désert pour que je me décide à aller boire ailleurs, que l'air de l'ennui devienne irrespirable pour que j'ouvre la fenêtre. Au moins puis-je me dire que cette pesanteur pachydermique dans l'esprit de décision a un avantage : aucune orientation nouvelle n'est prise à la légère. En fait, pour que je saute un pas, il faut que je sois amenée – voire que je m'amène moi-même sournoisement – à ne pas pouvoir faire autrement. Et encore, un petit coup de pouce du destin est-il parfois nécessaire...

En l'occurrence, un signe péremptoire arriva sous la forme d'une lettre émanant du propriétaire du meublé où je campais, qui me signifiait que j'avais à dégager les lieux dans les deux mois. La recherche du nid étant devenue urgente et inévitable, le virage était amorcé, le reste n'avait qu'à suivre.

Dans le même temps, alors que je n'avais jamais écrit que des rédactions à l'école, un journal intime d'adolescente et d'abondantes lettres, il me prit l'envie d'écrire une histoire, que je pensais logiquement – puisque j'étais comédienne – devoir être un scénario, avec un rôle pour moi, cela va sans dire. Après avoir abouti un premier travail, je relus la chose, d'une sécheresse consternante, car la forme scénaristique ne convenait pas du tout à mon histoire. Un descriptif de l'action et de simples dialogues ne suffisaient pas car, me disais-je, « ne m'intéresse que ce qui ne se voit pas et ce qui ne se dit pas. Il faudrait des sous-titres tout le temps... ». Je venais, sans m'en rendre compte, de m'attaquer au silence, de me détourner d'une trop grande extériorisation, pour m'occuper du non-dit, de mon angoisse intime. Celle-ci prit la forme d'un petit personnage sombre, que j'ai ensuite appelé Claude, mais que j'avais au départ nommé simplement – peut-on être plus claire tout en allant à tâtons comme une aveugle ? – « le double ».

Je m'attaquai donc à un second travail informel, dont je ne savais absolument pas qu'il deviendrait un roman, avec un soulagement certain. J'avais une plus grande liberté d'écriture pour définir les caractères des personnages. Et voilà qu'à ma propre stupéfaction je me pris d'une aversion, d'une antipathie violente pour le rôle qu'au départ je pensais me destiner, et qui ressemblait comme une sœur à la jeune femme libre et d'une imperméabilité émotionnelle de canard que j'étais jusque-là...

C'est épatant, quand on est artiste, de ne rien comprendre à ce qu'on fait. En ce qui me concerne, c'est indispensable, car si je comprenais ce qui me pousse à faire les choses je ne les ferais pas, je n'en aurais plus besoin. C'est pourquoi, d'ailleurs, je me méfie de l'usage de la psychanalyse ou de la psychothérapie pour ces êtres au fonctionnement un peu à part, dont je suis. L'inconscient, pour nous, est un terreau fertile qui supporte mal qu'on l'amène au jour, un moteur puissant qu'il vaut mieux laisser fonctionner, même avec quelques pannes et des ratés, sans lever le capot à tout bout de champ pour mettre les mains dedans à tort et à travers. Les névroses, quand elles sont légères et ne vous empêchent pas de vivre, ne sont pas toujours stériles... La compréhension prématurée de la finalité de ce qu'on cherche, c'est le poison de l'artiste. L'explication tue la démarche artistique. C'est ce que je crois. Elle y perd un instinctif élan créateur : la spontanéité, peut-être maladroite mais vivante – et l'asséchante tentation de démontrer pointe son vilain nez.

Dieu merci, je ne compris rien du tout, ce qui me permit d'écrire un premier roman et de laisser entre ses pages, comme un serpent sa mue, cette ancienne forme de moi-même ainsi définie, stigmatisée, jugée et abandonnée sans regret.

Jean Mercure était un comédien, un metteur en scène et surtout un directeur de théâtre et de troupe d'un immense talent. Il créa le Théâtre de la Ville et l'anima avec passion et intelligence pendant de nombreuses années.

Peu d'hommages lui furent rendus, et je ne connais personne ayant tant de qualités qui soit resté aussi méconnu que lui. Nous sommes nombreux à nous en étonner et à le déplorer. Manque de charisme personnel, peut-être, physique et psychologique ?

C'était un homme petit, à la carrure un peu étriquée, d'une tonalité générale, peau, cheveux, vêtements, de beige et de gris, et il fallait l'observer avec beaucoup d'attention pour voir la grâce d'une longue paupière à la Garbo voilant à demi un œil très vif. Quant à ses rapports avec les autres, ils étaient souvent chaotiques. Il faisait peu d'efforts pour séduire. Il braquait souvent les gens car il s'expliquait mal, supposant que tout le monde était aussi intelligent que lui et avait donc une compréhension immédiate de ce qu'il voulait dire. Ce qui l'amenait, quand il constatait que ce n'était pas le cas, à s'énerver beaucoup, notamment avec les comédiens.

C'est ainsi qu'il avait une réputation de metteur en scène difficultueux, ce qui était faux. C'est nous qui avions du mal à le suivre, à être à sa hauteur de vue. Pour peu qu'on l'écoute attentivement, on s'apercevait qu'il avait raison. Car Jean avait toujours raison. Or les gens petits, gris et beige, qui ont toujours raison, sont agaçants. Ils agacent surtout les imbéciles. Et les imbéciles seraient-ils, comme on le dit, malheureusement si nombreux, et si puissants par le fait, qu'ils puissent étouffer la juste réputation qu'un homme de sa qualité devrait avoir ? C'est possible...

Dans mes jeunes années, celles précisément où j'avais grand besoin d'affirmer mon métier de comédienne, il m'imposa contre vents et marées pour tenir le rôle d'Hélène dans *La guerre de Troie n'aura pas lieu*, la magnifique pièce de Giraudoux, pour laquelle il fit une mise en scène d'une beauté et d'une clarté qui n'ont jamais eu d'égale, je pense.

Je n'ai rencontré personne de plus exigeant et de plus perfectionniste dans le travail, aussi bien pour les autres que pour lui-même. Il « plaçait la barre » très haut, si haut qu'on se prenait presque toujours les pieds dedans en essayant de l'atteindre. Je l'ai côtoyé pendant sept ans au Théâtre de la Ville pour cette pièce-ci et d'autres, et Jean est le metteur en scène de qui j'ai le plus appris. Je garde de lui quelques maîtres mots, comme ces recettes ou trucs d'artisans que l'on se transmet de génération en génération, et qui m'aident encore aujourd'hui dans mon travail.

Si Jean Mercure est présent dans ces pages, ce n'est

pas pour le simple plaisir de lui rendre hommage, c'est parce qu'il m'a parlé des animaux d'une manière qui m'a fortement frappée la dernière fois que je l'ai vu en tête à tête. Depuis que j'avais cessé de travailler au Théâtre de la Ville, environ vingt ans auparavant – mon Dieu, j'ai l'impression de ne savoir compter qu'en dizaines d'années, c'est effrayant! – nous nous étions perdus de vue et une circonstance mi-officielle mi-amicale nous donna l'occasion de nous revoir et de discuter quelques heures ensemble afin de la préparer.

Je pus ainsi lui dire tout ce qu'il m'avait apporté de précieux – ce que je n'avais jamais fait – et lui raconter ce qu'entre-temps j'étais devenue. Il m'écoutait attentivement, lui qui m'avait connue vers vingt-cinq ans, au plus fort de mes années d'imperméable force, et il murmurait en me considérant sous sa longue paupière : « Ce que tu as changé, bon sang, ce que tu as changé... »

Puis, comme je lui avais fait à déjeuner, nous en vînmes, entre autres sujets de conversation, à parler de la nourriture. La qualité de la nourriture le préoccupait beaucoup.

« Fais très attention à ce que tu manges... », me dit-il soudain.

Puis il me raconta gravement qu'on lui avait demandé de prendre position contre l'exploitation industrielle de veaux en batterie. Ne voulant pas donner sa signature à la légère – y a-t-il quelque chose que Jean faisait à la légère? – il avait souhaité se rendre compte par lui-même en visitant un élevage.

« Tu ne peux pas savoir, c'est terrible... »

Sa voix s'était soudainement cassée, et à ma grande

stupéfaction je vis ses yeux se remplir de larmes. De vraies larmes.

« Ils sont dans le noir, tu comprends ? Ils ne peuvent pas bouger. On les attache les pattes écartées pour que leurs déjections ne les souillent pas. Et quand tu entres là-dedans, qu'une porte s'ouvre et qu'un rayon de lumière s'infiltre dans leur nuit, toutes les têtes de ces pauvres bêtes se tendent ensemble vers la clarté, le cou tordu, l'œil désespérément écarquillé, suppliant, vers la porte ouverte. Vivre dans le noir, sans pouvoir bouger ni se coucher... Quelle horreur, quelle souffrance ! Te rends-tu compte ? Jamais je n'oublierai les regards de ces bêtes vers moi... »

Puis, ayant contenu son émotion, il poursuivit :

« Mais nous allons le payer cher, tu sais. Les hommes paieront très cher les souffrances qu'ils infligent aux animaux. On ne fait pas tant d'atrocités, on ne provoque pas tant de douleur impunément. Vont apparaître des maladies, des dégénérescences, il y en a déjà, et d'autres choses encore... Je suis persuadé que la souffrance reste inscrite dans la chair, dans les gènes. Elle marque, elle empoisonne, elle se transmet. Et nous, les bourreaux, qui mangeons cette chair imprégnée de souffrance, cette chair torturée par nous, nous le paierons, oui.. »

Puis il me parla encore de sa révolte concernant la façon dont on disposait de la vie animale, de ne pas reconnaître ses droits.

Jean était un homme aux yeux ouverts. Sa sensibilité, son intelligence et sa lucidité appréhendaient le beau, l'enthousiasmant autant que l'horrible et le désespérant. A quatre-vingts ans passés, il voyait tous les spectacles, il suivait passionnément les événements artistiques et autres. Et aussi il pleurait sur la tragédie que vivent les animaux en batterie et sur les massacres des peuples. Il se tenait au courant de tout et il était traversé par tous les drames du monde. Il pensait aussi que l'on vit trop vieux, maintenant…

Jean a usé du grand privilège réservé aux humains : pouvoir choisir l'heure de sa mort. J'ai appris voilà quelques jours qu'il s'est suicidé avec sa femme Jandeline, la compagne de toute sa vie. Suicide concerté, préparé de sang-froid, peut-être depuis longtemps. Il aurait dit à l'un de ses amis, qui souhaitait le voir la semaine suivante et qui n'a pas compris bien sûr le sens définitif de la réponse de Jean : « Non, désolé, nous ne pourrons pas nous voir. Mardi nous serons partis… »

Ils ont choisi de quitter ce monde dignement, ensemble, en toute connaissance de cause, à leur heure et à leur manière. On ne peut guère « placer la barre » plus haut. Est-ce pour éviter d'être victimes de la vieillesse, de subir une dégénérescence inévitable et peut-être une séparation si la mort venait à emporter l'un d'eux, laissant l'autre seul ? Ou bien a-t-il choisi de quitter ce monde parce que l'horrible était en train de l'emporter sur le beau ?

En tout cas, voilà ce qu'il m'avait dit sur la souffrance des bêtes. Et je l'ai vu pleurer pour cela. Il ne le dira plus, il ne pleurera plus. J'aime à le transmettre en souvenir de lui.

Au revoir, Jean.

A vingt-sept ans, à peine installée dans mon nouveau nid – un nid bien à moi cette fois et que je pourrais, en m'avançant un peu, qualifier de définitif car j'y suis toujours, aucun signe du destin ne m'ayant enjoint de le quitter – avant même de l'avoir arrangé à mon goût, je le désertai déjà pour écrire ailleurs.

Citadine tout à fait consentante mais d'atavisme campagnard, je n'ai jamais pu écrire à Paris. Je crois que dès ce premier roman j'eus besoin, pour ce travail de fourmi silencieuse, d'un espace différent de celui qui est pour moi synonyme de mouvement, de spectacle, d'extériorisation, de vie quotidienne – et familiale plus tard. Il fallait que ce petit monde étrange réduit à une table, un cahier, une lampe et une silhouette courbée ait sa place ailleurs, à part, loin du bruit et de l'agitation. Je ne crois pas en cela être très originale...

Un ami me prêta sa maison aux environs de Paris et je m'y installai pour une première expérience de silence, d'écoute intérieure et d'assujettissement à l'immobilité inévitable pour qui écrit lentement et à la main.

Cette petite maison était une bulle parfaitement à la mesure d'une concentration débutante : deux simples pièces la composaient, dont une chambre on ne peut plus monacale où je mis aussitôt une table, le tout donnant sur un petit jardin clos de murs, de ceux dits « de curé », agrémenté de quelques arbustes. Je ne risquais pas d'être distraite. C'était la dernière maison du village : au-delà des murs du jardin s'étendaient des champs à perte de vue, paysage absolument plat, sans haies ni le moindre bosquet. Aucune tentation, là non plus, de s'égailler. La maison, du côté village, adossait son mur aveugle à une petite ferme, et la femme qui l'habitait venait parfois, très tôt le matin, entretenir un peu le jardin. Je la voyais rarement.

Je passais quelques jours très studieusement installée à ma table, à côté de la fenêtre ouverte sur le jardin, à découvrir un rythme nouveau, une nouvelle manière d'être. L'écriture, délivrée du carcan descriptif du scénario, mais rendue plus aisée par le soutien de ce plan déjà élaboré, était un vrai, un sage plaisir

C'est lors d'un de ces premiers jours que, relevant la tête au milieu d'une page, je vis une petite silhouette jaillir du jardin et retomber sur le rebord de la fenêtre ouverte, juste à côté de moi, aussi soudainement qu'un diable sorti d'une boîte. Un petit chat gris de cinq ou six mois peut-être, et sans doute aussi surpris de ma présence que moi de son irruption, restait figé dans la position où il avait atterri, les pattes légèrement écartées, l'œil fixé sur moi. Il miaula un

68

coup, je miaulai en retour, ce qu'il comprit fort bien, et comme je ne bougeais pas, il sauta de la fenêtre et s'aventura dans la pièce.

J'avais déjà vu quelques chats traverser le jardin, tous noirs tachés de blanc ou inversement. Ils s'arrêtaient un instant au milieu de la pelouse pour considérer l'intruse installée là, puis ils disparaissaient tranquillement. Ils n'étaient pas très liants, et ce jardin devait être pour eux un simple lieu de passage.

Je n'avais jamais aperçu ce petit chat gris uni qui faisait maintenant le tour de la pièce, inspectant toute chose avec attention, posant délicatement sa truffe sur les sacs, le lit. Il visita posément la pièce suivante, puis revint vers moi. Il miaula de nouveau, de ce miaulement typiquement interrogatif qui ressemble tout à fait, musicalement, à l'inflexion de notre voix lorsque nous posons une question. Je miaulai de nouveau en retour d'une manière très affirmative signifiant « oui, je suis là », et voyant que je ne bougeais toujours pas, il s'enhardit à sauter sur la table.

Des choses nouvelles à découvrir, à sentir, le cahier et la douceur du papier, le stylo – pas grand-chose en vérité car je n'avais acquis, en cette première expérience d'écriture, aucune manie qui encombre la table d'objets divers, mis à part un simple et précieux dictionnaire des synonymes – et finalement il me renifla, moi, et frôla mon nez de sa truffe. Ce qu'il sentit n'ayant pas l'air de lui déplaire, je tendis mon visage pour qu'il puisse explorer à son aise tout ce qui l'intéressait, les cheveux, l'oreille. Puis il s'assit posément en face de moi, au beau milieu du cahier. Nous avions fait connaissance.

Ce qui est merveilleux avec un chat, c'est qu'il n'y a

rien à faire quand il vient à vous, qu'à le regarder. Il fait tous les pas. Il est même recommandé de le laisser approcher sans amorcer le moindre geste vers lui. Nombre de gens ne peuvent s'empêcher de tendre les mains trop tôt, de chercher à attraper le petit animal, qui n'a pas eu le temps d'acquérir un minimum de confiance et qui, du coup, fait machine arrière et va se réfugier dans les coins – vers quel monstre tentaculaire sa curiosité l'a-t-elle poussé ?

La meilleure « accroche » que l'on puisse avoir lors d'une rencontre avec un chat, à condition bien sûr qu'il ait le premier manifesté de l'intérêt envers vous, c'est le regard. Il est bien rare qu'un chat s'aventure à venir vers quelqu'un s'il n'y a pas eu au préalable un échange de regards assez long. Ensuite, c'est la voix. Ça parle beaucoup, un chat. Plus ou moins suivant les races et les individus, et pour peu qu'on soit attentif et qu'on ait le goût de s'entraîner au sens du miaulement, on discerne vite ce qui est de l'ordre de la question, du simple mot doux, de la réclamation ou du mécontentement, et on peut avoir avec lui de véritables petites conversations. Il n'est pas vraiment nécessaire de miauler soi-même pour cela, car de son côté il comprend rapidement quelques mots et surtout le sens des intonations si l'on prend la peine de les exprimer assez clairement, comme on le fait pour se faire comprendre d'un jeune enfant.

Un chat peut, m'a-t-on dit, retenir une soixantaine de mots dont il comprend le sens quand il réussit à les associer avec la réalité de ce qu'ils nomment. J'en ai fait l'expérience avec un de mes chats en prononçant clairement le nom des endroits où je l'emmenais au départ et à l'arrivée. Il n'a pas été bien long à

faire la différence entre « campagne » et « docteur »,
car s'il entre tout seul dans son panier au premier
mot, il résiste de toutes ses forces en râlant, ses griffes
agrippées à la moquette, pour le second. Le tout est
d'être précis et de ne jamais lui mentir, bien sûr. Lui
dire « campagne » pour l'emmener perfidement se
faire piquer les fesses chez le vétérinaire serait une
traîtrise fatale qui ruinerait d'un coup tous vos efforts
vers un dialogue débutant et remettrait même peut-
être en cause la base de votre entente – comment se
fier à un type ou à une bonne femme qui vous fait
des coups pareils ? La prochaine fois, tiens, tu pour-
ras toujours causer !

Entre parenthèses, les gens qui n'aiment pas les
chats leur font souvent une réputation de sournoise-
rie qui repose avant tout, il me semble, sur l'apparence fuyante qu'ils adoptent lorsqu'ils ont peur, et les
chats craignent les gens bruyants qu'ils ne connaissent pas, ou qui ne les aiment pas, chose qu'ils sentent parfaitement – ces derniers en rajoutant souvent
du geste et de la voix pour les effrayer davantage
et vous prouver ainsi que cette bête rampante n'est
que basse fourberie : elle doit bien avoir quelque
chose à se reprocher pour s'aplatir ainsi à leur
approche...

En réalité, je ne connais rien de plus franc et loyal
qu'un chat. Simplement, étant d'une complexion
nerveuse et psychologique assez sensible, il demande
à être rassuré, en totale confiance avec vous et votre
entourage. Une fois qu'il est certain que nul ne le
brusquera, ne lui mentira, ne changera d'humeur
sans raison, n'aura avec lui de rapports de force pervers, il s'épanouira sans problème et deviendra d'une

désarmante simplicité. Ces chats-là viennent poliment dire bonjour aux nouveaux arrivants dans une maison, sans aller se terrer dans les coins, et dorment le ventre en l'air au milieu du salon sans craindre aucun coup bas.

Lors d'une rencontre avec un chat, après l'échange des regards et de la voix, intervient l'odorat. Il vient vous sentir et, si vous n'avez pas bougé, il ira jusqu'à grimper sur vous pour vous renifler plus commodément, et ce qu'il sent doit lui plaire. Beaucoup de rencontres tournent court à ce moment-là car, si votre odeur ne lui convient pas, il s'en va tout simplement, abrégeant du même coup le stade du véritable contact physique qui devait suivre. S'il ne vous a pas quitté, si tout ce qui a émané de vous lui agrée, vient alors le moment des caresses, du ronron couché sur vos cuisses – ça y est, vous avez un copain.

C'est ce que j'ai pensé quand ce petit chat gris a posé son arrière-train sur mon cahier, ses yeux dorés plantés droit dans les miens.

Je ne savais pas encore que je venais d'être choisie, ô combien péremptoirement, par mon premier chat de hasard.

Il vint me rendre visite tous les jours et j'étais ravie de cette compagnie. Le matin, quand j'ouvrais la porte ou la fenêtre il apparaissait presque tout de suite, refaisait un petit tour dans les pièces comme pour s'assurer qu'on n'avait rien changé en son absence, puis il grimpait sur ma table. Je lui installai vite un coin sous la lampe avec un foulard douillet pour éviter qu'il ne se couche en travers du cahier, ce que les chats font toujours. Quand ils sont étalés un peu en dehors du papier et qu'il n'y a qu'une queue à pousser pour finir une phrase, ça va, mais si c'est le corps entier, c'est plus gênant.

Je renouai donc pendant ces jours avec la présence-chat, oubliée depuis si longtemps. Ma solitude n'était plus la même, et ma concentration sur mon travail d'écriture en a été modifiée. Quelle douceur d'écrire avec un chat près de soi ! Comme les minutes, les heures, paraissent plus légères, plus vivantes, lorsqu'un discret ronron les accompagne. Ce simple bonheur d'être, qui n'a à compter ni avec l'effort ni avec le temps, vous console de tous les moments à vide, du manque d'inspiration. Si ça ne va pas, on s'arrête un moment, à l'unisson de cette bête tranquille. On se sent moins coupable de ne rien faire en rêvant à deux. Son débonnaire bien-être vous rassure. Il a toutes les patiences, le chat, alors pourquoi pas vous ? Puis quand vous laissez de nouveau courir le stylo sur la page, il vous regarde faire, et ce beau regard paisible sur vos mots semble contenir un encouragement, une approbation, toutes les indulgences.

Il était là. C'était bon. Je profitais de ce que je croyais être, encore, de simples visites de voisinage, et je n'ai pas songé à m'étonner qu'en cette nouvelle expérience d'écriture un chat apparaisse spontanément dans ma vie pour la première fois depuis vingt ans. Il y a pourtant de quoi être rêveur...

Il restait là également à midi, tournicotant autour de moi alors que je me préparais à manger. Je pris donc l'habitude de partager mon déjeuner avec lui. Je lui donnais la moitié de ma tranche de jambon, de ma boîte de sardines – mes talents culinaires étaient très succincts à l'époque. Il mangeait la même chose que moi, je ne pensais pas à m'organiser spécialement pour lui puisqu'il était de passage – ou plutôt moi – et pouvait, qui sait, ne pas revenir le lendemain. Ce petit nez dans une assiette à côté de la mienne devait me rappeler de bien lointains souvenirs, mais le temps n'était pas encore venu d'y songer.

J'ai dit un peu plus haut ce que je sais sur la façon dont un chat fait connaissance avec vous et vous adopte ou non, même pour une passagère relation amicale. J'ai envie d'ajouter qu'à mon sens la plus vaine façon de séduire un chat, c'est la gamelle. Un chat ne « marche » pas à la bouffe. Bien sûr, il mangera ce que vous lui donnez, mais il ne vous aimera pas mieux pour autant s'il n'a pas établi, avant tout, un rapport psychologique privilégié avec vous. J'ai nourri pendant un certain temps des chats en pension chez moi, ou abandonnés par un voisin campagnard, sans obtenir d'eux ni affection ni complicité. Pour ceux-là, je suis restée un simple distributeur de nourriture.

En revanche, un chat qui vous aime prend un énorme plaisir à vous entraîner près du réfrigérateur et vous fera mille mamours pour que vous mettiez quelque chose dans son assiette. Un détracteur pourra vous dire alors – on me l'a dit – « Tu vois bien que cet animal ne t'aime QUE pour ça, il est attaché à toi parce que tu le nourris, c'est tout. » Je ne saurais dire si cela peut être vrai pour un chien, mais c'est faux en ce qui concerne les chats. Même s'il est très bien nourri et n'a aucunement à se plaindre du « restaurant », un chat peut parfaitement quitter une maison parce qu'il n'y est pas à l'aise affectivement, ou parce que le retour à la vie sauvage l'a tenté. Il est vrai qu'il est moins dépendant des humains sur ce plan et qu'il peut plus facilement et habilement qu'un chien trouver sa pitance en chassant de petits animaux, ce qui rend sans doute moins risquée une prise d'indépendance. Mais si le chat ne reste en aucun cas avec vous « pour ça », il n'en est pas moins vrai que la nourriture signifie aussi affection, occasion de câlins, bien-être. Vous attirer vers son assiette quand il est content, quand vous revenez à la maison par exemple, peut devenir une sorte de rituel, de code, pour exprimer son attachement, et quand il a réussi à vous persuader de lui donner quelque chose, il n'est pas rare de le voir y toucher à peine ou carrément s'en détourner, car en fait il n'a pas faim. C'était simplement une manière de s'exprimer autour des gestes nourriciers qui, pour lui, et venant de vous, SONT de l'amour.

Le petit chat restait donc avec moi des journées entières. La voisine, interrogée par moi à son sujet, me dit qu'il vivait chez elle, oui. C'était le seul chaton gris au milieu d'une portée de cinq noir et blanc, comme les parents. Son fils l'aimait bien, celui-là...

Il me semble surprenant, maintenant, que je n'aie pas songé une seconde à demander si je pouvais adopter cette petite bête. Était-ce encore la crainte d'une attache régulière ? Mon changement de mode de vie était-il trop neuf et mal rodé pour que je m'aventure à prendre la responsabilité d'avoir un animal avec moi ? Il est vrai que le virage que j'avais amorcé était bien plus profond et définitif que je pouvais le soupçonner alors, et qu'à la découverte d'un nouveau chemin on vit les choses au jour le jour, comme on peut, sans savoir où cela vous mènera. Et c'est bien assez, déjà, de suivre des impulsions inconnues en restant entier, lucide, rassemblant ses forces et ses désirs comme des morceaux épars de soi-même.

En tout cas, joli cadeau, en cet apprentissage de vie régulière et concentrée, que la présence feutrée et délicate de ce petit animal attentif. C'est ce que je pensais en profitant de sa présence sur ma table de travail. Rien d'autre ne m'est venu à l'esprit, m'arrêtant à cette commode barrière qui m'évitait d'aller plus avant dans un attachement naissant : « Il vit chez nous. Mon fils l'aime bien, celui-là... »

Je remettais donc tous les soirs le petit chat dans le jardin avant de fermer ma porte en lui disant : « Allez, rentre chez toi maintenant. » J'ai tout de même l'image-souvenir d'un petit minois gris désemparé, hésitant, d'une silhouette frêle sur l'herbe, qui ne se décidait pas à partir, le dos un peu rond, la queue en point d'interrogation, piétinant sur la pointe des pattes. J'insistais alors doucement : « Allez, vas-y, rentre chez toi, c'est l'heure. » Et je refermais la porte pour aller me coucher, seule avec mes pensées tournoyantes. J'avais beaucoup à faire, à clarifier dans ma tête, avant de me laisser aller au sommeil. Je faisais le point sur ce que j'avais écrit dans la journée, sur ce que j'écrirais le lendemain. A mon retour à Paris, j'arrangerais mon appartement, cette année je jouerais une pièce de Shakespeare au Théâtre de la Ville, demain matin j'attaquerais un nouveau chapitre, une nouvelle journée. Et sans doute mon petit compagnon viendrait-il me tenir compagnie...

Environ deux semaines passèrent ainsi, et un matin la voisine vint me voir. Elle parla assez longuement de choses et d'autres – phrases hachées, entrecoupées de silences, suivant la manière paysanne de ne pouvoir aborder directement le sujet qui vous amène. Je répondais poliment, étonnée de ce long échange inhabituel, car j'étais peu aguerrie à cette forme particulière de diplomatie et je crus vraiment que la conversation était terminée quand la voisine me tourna le dos pour se diriger vers la porte.

C'est seulement sur le point d'ouvrir celle-ci qu'elle se retourna comme si quelque idée soudaine lui passait par la tête : « Ah ! Au fait... vous le gardez, le petit chat ? » Tout à fait surprise, je l'assurai que non. « Ah, bon ? » Il venait simplement me voir tous les jours et je le remettais dehors le soir pour qu'il rentre chez eux.

« Mais... c'est qu'il ne vient plus du tout à la maison, vous savez. Voilà plusieurs jours qu'il n'est pas rentré, même pas pour manger. Et quand je suis venue nettoyer le jardin tôt ce matin, vous n'étiez pas encore levée, je l'ai vu couché en boule sur le seuil de votre porte. » Devant mon air sincèrement éberlué elle ajouta : « Puisque c'est comme ça, je crois que vous feriez mieux de le garder. »

Il n'allait plus manger là-bas... Il dormait devant ma porte en attendant que j'ouvre... Tout en assimilant ces informations, surprise et émue, j'alléguais faiblement que son fils qui l'aimait bien allait sans doute être triste de perdre ce petit chat. Elle balaya l'argument d'un geste : « Bah, pensez-vous, y'en aura d'autres ! Et puis, on n'y peut rien, hein ? C'est lui qu'est parti, il a choisi. »

Puis elle s'en fut et je restai avec ces mots : « On n'y peut rien, c'est lui qui a choisi... »

Quelle émotion fraîche de prendre en charge la vie d'un petit animal pour la première fois ! Au début, toutes proportions gardées, c'est assez comparable à l'arrivée d'un bébé dans son existence. D'abord, on le découvre, on le regarde, il prend forme à travers une sorte de brume d'incrédulité qui s'estompe peu à peu. De petites phrases simples vous viennent à l'esprit : « Te voilà, toi », « C'est donc toi qui vas vivre avec moi, maintenant... » On découvre délicatement, timidement, sa manière d'être, un début de caractère. On fait l'apprentissage d'échanges simples. Se rendre à l'évidence qu'un petit être tout neuf va partager votre vie occupe presque toute la journée. Il va être avec vous tous les jours, pendant des années, quelle chose extraordinaire !

Heureusement, pour ne pas se perdre dans une contemplation abstraite, mille petits détails quotidiens viennent vous distraire et ancrer l'événement dans la réalité : acheter un panier ou un couffin pour le transporter, quelque chose de doux pour dormir, des hochets, une balle qui fait du bruit en roulant, une petite brosse pour ses cheveux naissants ou son poil, puis des couches ou de la litière. Et s'enchaîne l'inévitable visite chez le pédiatre ou le vétérinaire, les vaccins et « qu'est-ce qu'on lui donne à manger ? combien de fois par jour ? quelles sont les choses à ne pas faire, docteur ? ».

C'est infiniment touchant d'installer chez soi le premier bébé, le premier animal, une petite vie à soigner.

Je n'en étais pas encore là quand je regardais, après le départ de la fermière, la petite bête grise aux yeux d'or qui m'avait choisie, adoptée, qui s'imposait si tranquillement dans ma vie. J'assimilais l'événement, pour le coup tout à fait frappée par la manière dont les choses s'étaient passées. Je n'avais rien eu à faire, qu'à accepter. Cet animal avait surgi dans mon existence – et j'ai encore l'image précise de sa petite silhouette jaillissant soudain sur le rebord de la fenêtre, comme une apparition – exactement au moment où il le fallait, sans que j'aie eu à faire un geste, à prendre de décision, ni même à ressentir les prémices d'un désir, d'une recherche nécessaire.

Maintenant, je sais que beaucoup de choses sont arrivées et arrivent encore ainsi dans ma vie. Je ne m'en étonne pas moins, mais à présent je reconnais plus vite ce doigt si précis d'un hasard qui n'en est pas un, qui ne peut en être un pour répéter si fidèlement ce phénomène – comment l'appeler ? fatalité ? prédestination ? chance ? – et qui signale ou place dans ma vie un être, un projet tout à coup éclairé nettement d'un sens évident : celui-là, ceci est pour toi, c'est le moment. L'injonction est-elle si nette qu'on ne peut l'ignorer ou suis-je douée pour la distinguer ? Y a-t-il une disposition particulière qui porte à saisir les signes et à les accepter ?

Lorsque je jouais *La guerre de Troie n'aura pas lieu* sous la direction de Jean Mercure, quelques répliques d'Hélène avaient pour moi un sens d'une telle clarté qu'il me semblait m'exprimer personnellement en même temps que mon personnage – ce qui est rare. Jean Giraudoux faisait dire à Hélène, alors qu'Hector la pressait de quitter Troie afin d'éviter la guerre. qu'elle était tout à fait d'accord pour partir, elle voulait bien essayer, mais qu'elle ne croyait pas à ce départ car elle ne le voyait pas « coloré ». Et elle expliquait très gentiment à cet homme ébahi, qui croyait encore au pouvoir de sa volonté et de la bonne volonté d'Hélène sur le déroulement des choses, qu'il fallait que les faits aient un potentiel d'existence possible pour qu'ils arrivent. En ce qui la concernait, elle voyait certains événements à venir, certaines personnes colorés ou non, et elle avait constaté que les éventualités qui étaient restées transparentes n'arrivaient pas à exister, même si elle faisait des efforts dans ce sens. Elle suivait donc ce qu'elle voyait, simplement comme elle avait suivi son amant Pâris parce qu'il se détachait sur le ciel « comme une découpure » alors que son mari Ménélas était si transparent pour elle qu'elle « avait dû le traverser bien des fois sans s'en douter ».

Ce passage de la pièce m'enchantait tant j'adhérais à ce qu'exprimait Jean Giraudoux à travers Hélène. Il définissait merveilleusement la manière dont je fonctionnais moi aussi, et je fus très surprise, en découvrant la pièce, de lire la description d'un phénomène qui m'était familier. J'eus une sorte de petit choc d'évidence : « Ah, oui. C'est tout à fait ça... » Même si, personnellement, je n'aurais pas employé le terme « coloré », les signes et les hasards qui me menaient étaient reconnaissables à une netteté, une densité de possible qui s'imposaient très clairement à moi. « Coloré » était un qualificatif très voisin de ce que je ressentais puisqu'il indiquait quelque chose qui se distinguait nettement au milieu de la grisaille des événements ordinaires.

En tout cas, j'étais assez impressionnée par ce passage de la pièce pour dire à mes camarades de travail comment je le ressentais intimement, et je m'aperçus avec surprise que nul ne se sentait de fraternité avec ce qu'exprimait Hélène. Idée originale, coquetterie d'auteur, touche exotique du personnage, suivant les uns ou les autres, mais cela leur restait très extérieur. Personne ne semblait ni ressentir ces choses ni se sentir ainsi dirigé dans la vie. Que c'est étrange, pensai-je, croient-ils donc faire vraiment ce qu'ils veulent ? Je résolus donc de me taire à l'avenir sur ce sujet et de garder pour moi les questions que je me posais, principalement une : en admettant que cette forme de perception ait une réalité pour moi, fallait-il toujours écouter, toujours suivre ?

Les signes positifs, la coloration ou la densité des choses « désignées » peuvent, il est vrai, être simplement des souhaits inconscients, des préférences déguisées que l'on se présente à soi-même comme des injonctions du destin. C'est pourquoi, devant me débrouiller seule avec cela, je me suis efforcée de rester très prudente, très terre à terre vis-à-vis de ces impressions on ne peut plus subjectives. Il serait si commode parfois – et valorisant, il faut bien le dire – de se raconter des histoires à propos d'aléatoires dons de voyance, même s'ils sont à votre usage unique. La tentation serait grande, alors, de se reposer sur cette idée en abdiquant tout effort personnel de volonté et de discernement – le mortel fatalisme n'est pas caché bien loin derrière le respect du fatal...

Mais tout de même, si je reste circonspecte, force m'a été de constater que cela est, et c'est quelquefois l'obstinée transparence de certains projets qui m'a le plus impressionnée – quoi de mieux que le négatif pour mettre en valeur la véracité du positif ?

Je vais raconter à ce sujet une anecdote qui m'a beaucoup frappée. On me proposa un jour un film au scénario assez étrange, que j'acceptai surtout parce que le rôle que je devais jouer était pour moi inhabituel et j'aime ce que l'on appelle dans notre métier le « contre-emploi ». Nous commençâmes à travailler avec le metteur en scène, à faire une lecture du scénario, à rechercher les costumes, j'allais voir avec lui un décor qui concernait particulièrement mon personnage, mais force me fut de constater que je restais distraite et indifférente. Je n'arrivais pas à me sentir concernée par cette histoire. Mon esprit s'échappait pendant les lectures, pour un peu j'aurais bâillé. J'oubliais obstinément les dates de tournage, une sorte de léthargie bizarre, d'envie d'être ailleurs me saisissait dès que l'on parlait du film ou de mon personnage, et tous ces phénomènes n'allaient pas s'arrangeant au fil des jours. La chose, en bloc, restait sans consistance pour moi.

Voyant le metteur en scène et les autres acteurs si pleins d'allant et passionnés par ce projet, la honte commença à me prendre et je me fustigeais intérieurement : que se passait-il ? Avais-je peur du rôle ? Rechignais-je à l'effort, au risque ? N'aimais-je plus mon métier ? Je suis prompte, dans un cas comme celui-là, à m'accuser assez durement de paresse et d'indifférence. Ne pouvant confier à personne un sentiment aussi flou, incompréhensible, je continuais à faire des efforts pour m'intéresser à ce film en me sentant très coupable de rester aussi vide, aussi impuissante à m'enthousiasmer, comme si j'essayais en vain de saisir de l'eau fuyante, de refermer les mains sur du vent. Le tournage approchait pourtant, et mon malaise était grand car mon rôle était difficile et je ne voyais toujours pas comment l'aborder.

Quelques jours avant la date fatidique, j'allai avec

le metteur en scène chez un perruquier pour essayer diverses formes de chevelures – le rôle le nécessitait – et trouver ainsi ma « tête ». Après quelques essais, nous trouvâmes une parfaite, magnifique perruque qui faisait vraiment de moi quelqu'un d'autre. En me regardant dans le miroir de la cabine d'essayage, je m'accrochais à cette image un peu désespérément, en espérant que cette vision de moi ainsi changée m'apporterait un peu de foi. J'étais toute à mon effort intérieur pour me projeter dans la réalité imminente du film quand le metteur en scène, qui scrutait ma « tête » en même temps que moi dans le miroir par-dessus mon épaule, dit en parlant de mon personnage : « Ah ! Qu'est-ce que je la vois bien ! » Je restai muette, mais une rapide petite phrase traversa mon esprit en écho : « Et moi, qu'est-ce que je ne la vois pas... » C'était venu malgré moi, tout seul, mentalement du tac au tac, et force m'avait été d'entendre cette pensée involontaire. La mort dans l'âme, je culpabilisais de plus belle. A vrai dire, j'en étais malade.

Mon malaise fut de courte durée. Dès le lendemain, j'appris que le tournage était annulé. La production avait capoté, le film ne se ferait pas.

Toujours prudemment muette au milieu du déses-poir général, j'entendis encore cette petite voix inté-rieure qui traversait cette fois tranquillement, quasi nonchalamment, mon esprit : « Hé bien, voilà, ça y est, c'était donc ça... » Qu'une petite voix intérieure peut parfois être agaçante quand elle arrive au moment où il faudrait consoler, participer et essayer de soutenir une personne affligée de voir son projet et des mois de travail tomber à l'eau ! On ne peut pourtant que l'entendre. Et se taire. C'est la seule chose à faire.

On parla de trouver un autre producteur, de remonter l'affaire dans un mois, dans un an. Je me taisais toujours. J'avais compris que ce film ne se ferait jamais parce qu'en fait il n'avait JAMAIS eu une chance d'exister. Et tous les efforts furent vains, bien sûr, pour le faire exister à tout prix.

Quand je me retourne sur le chemin qui a été le mien jusqu'à aujourd'hui, j'ai vraiment l'impression d'avoir été une sorte de petit Poucet avançant de pierre blanche en pierre blanche, d'évidence en évidence, avec comme plus grand don, peut-être, celui de ne pas rechigner, de ne rien vouloir décider ou contrer à tout prix, d'accepter humblement ce que le sort me désignait comme devant être mien. Ce qui n'est pas toujours facile, car ce « hasard », ce « doigt du destin » est bien souvent en avance sur ce que l'on ressent et vous brusque, vous surprend, hâte votre évolution. Pour un peu on manquerait ce qui doit être. On ne comprend qu'après avoir discerné et suivi l'injonction, et parfois le sens ne vous en apparaît que bien plus tard.

Le plus dur, peut-être, lorsqu'on ressent les choses ainsi, est de vivre les périodes où il n'y a PAS de signes. On se sent alors perdu, oublié du sort habituellement prolifique en évidences. Le libre arbitre doit prendre le relais dans ce soudain désert, ce passage à vide où plus rien n'est désigné. Les doutes vous assaillent. On se sent démuni, j'oserais dire abandonné. On s'aperçoit qu'on ne sait rien. On est pauvre et fragile, car tout est incertain si plus rien ne vous est dicté.

Le jour où la fermière voisine avait refermé la porte en me confiant officiellement le petit chat gris qui m'avait déjà choisie, je n'avais rien eu à discerner, aucun signe à suivre. Cette douceur dans ma vie s'était imposée comme un ordre. Si « main du destin » il y a, elle ne s'est pas contentée de désigner discrètement ce qui devait faire partie de mon existence, elle l'a fermement posé devant moi, sans que j'aie un geste à faire, sans contestation possible. Ni le chat ni la fermière ne m'avaient demandé mon avis. J'avais juste à accepter.

Je sais que parler de destin parce qu'un malheureux chat s'est imposé à vous comme compagnon peut paraître dérisoire, voire ridicule. Ce n'est ni un mari ni un enfant. Des chats, il y en a à tous les coins de rue à adopter ! Mais qui rendra précieux et significatif ce qui nous arrive si ce n'est nous-même ?

Non, pour moi ce n'est pas ridicule, car il fallait que cet animal arrive dans ma vie précisément à ce moment-là pour m'aider à changer profondément. Personne ne peut imaginer la sauvagerie sentimentale, la solitude profonde qui étaient les miennes à cette époque. J'ai peine à me souvenir de cette période, à imaginer de nouveau tant d'isolement intérieur, tant d'inaptitude au partage, à la fragilité – à l'amour, il faut bien le dire. Quand j'essaie d'évoquer cette jeune femme libre et impénétrable, forte d'un extraordinaire centrage sur elle-même, incapable d'une véritable intimité avec autrui, je reste ébahie, quasi effrayée. Était-ce bien moi qui étais ainsi, enfermée sans même le savoir dans une incommensurable solitude ? A présent, je n'arrive plus à mesurer l'imperméabilité d'une telle défense. En repensant à ce que j'étais, je reste incrédule, douloureusement gênée comme par une impudique étrangère, et finalement une sorte de pitié me saisit à me souvenir de tant de pauvreté derrière ma belle apparence...

Je sais à présent que le choc de la mort brutale de mes proches et la crainte d'avoir à souffrir de nouveau avaient cadenassé ma sensibilité au point d'atteindre une sorte d'infirmité. N'étant attachée à rien ni à personne, je ne risquais aucune nouvelle perte. De l'amour je ne connaissais que le stade inflammatoire primaire, celui que l'on peut calmer assez rapidement sans donner grand-chose. Il était hors de question que je vive avec quelqu'un, qu'un homme bouleverse mon univers clos. Mon autoprotection fonctionnait encore à merveille pour repousser quiconque m'aurait mise en danger d'abandon. L'idée d'un enfant n'aurait pu me traverser l'esprit, même fugitivement. Comment aurais-je songé à donner la vie alors que tout mon être luttait encore contre l'évidence de la mort, niait la souffrance et ne travaillait qu'à s'en protéger ? Ainsi cadenassée, qui aurait pu m'atteindre ? Nul n'avait encore entamé une si parfaite défense. Mes congénères sont si maladroits, si pleins eux-mêmes de peurs ou de fausses certitudes...

J'étais arrivée seule dans cette petite maison que l'on m'avait prêtée pour écrire, je repartais à deux. Cela change tout.

Un petit animal gris, mine de rien, sans que je me méfie, était entré dans ma solitude et allait, le premier, ouvrir une brèche dans ma force, commencer à me marcher sur le cœur avec des pattes de velours...

L'été pendant lequel j'écris ce livre est étrange. Est-ce un véritable été ? Le soleil est si rare...

Les oiseaux restent cois sous le ciel gris et se font peu entendre. Les chats passent la patte par-dessus leurs oreilles en faisant leur toilette, signe infaillible de pluie, et les ramassent sous eux roulées en turban pour dormir, comme au frais de l'automne. Le feu de bois, le soir, n'est pas incongru et la rosée du matin gèle les pieds comme une froide pluie d'hiver.

Les pois de senteur, découragés de fleurir dès que sortis de terre, ont produit des gousses plates et sans graines. Depuis quand les plantes ont-elles ce comportement suicidaire de ne pas assurer leur reproduction ? Par contre, les delphiniums, qui chez moi ne fleurissent jamais qu'une seule fois et fanent dès le début de juillet, jettent vers le ciel de nouvelles hampes florales pour la troisième fois consécutive, et le mois d'août verra éclore leurs boutons d'azur. Les retrouverai-je l'année prochaine ou disparaîtront-ils, leurs touffes épuisées par tant d'inhabituelles floraisons ? Un vent de folie souffle sur la nature...

J'ai voulu enrichir mon modeste poulailler – deux poules, un coq et deux pigeons blancs – en cherchant à y adjoindre une poule couveuse, et j'appris à cette occasion que les poules ne couvaient plus, même dans une campagne aussi profonde et traditionnelle que celle où je suis. Tous les poussins étant à présent éclos et élevés en couveuse, l'instinct s'est perdu. Une voisine m'a raconté qu'une poule peut parfois se mettre à couver de nouveau pendant deux ou trois jours, puis elle oublie ses œufs et les abandonne.

Je suis restée très troublée. Ce détail seul – mais est-ce un détail ? – est bien inquiétant et laisse augurer des bouleversements profonds que nos agissements provoquent et provoqueront de plus en plus dans la nature. En quelques générations d'élevage industriel, les poules ne savent plus couver… Un animal peut donc, et en peu de temps, ne plus savoir se reproduire naturellement ?

Et voilà qu'à la mesure restreinte de notre poulailler nos mains ont provoqué cet été un désastre : nous avons pris le petit des pigeons pour le voir de plus près, le montrer aux enfants, le caresser, nous avons nettoyé le nid. Les parents ne l'ont plus nourri, l'oisillon imprégné de notre odeur n'étant plus reconnu par sa mère. Nous avions ignoré – négligence impardonnable quand on a des oiseaux chez soi – qu'il ne faut toucher aucun petit sous peine de le voir repoussé ou abandonné par ses parents. Cela est valable pour tous les animaux proches de la vie sauvage ou à l'odorat très développé. Comme nous sommes maladroits pour que nos attendrissements mêmes deviennent meurtriers !

Après une journée d'observation pendant laquelle

nous n'avons vu ni le père ni la mère pigeon approcher leur petit, il a fallu réparer notre maladresse,
c'est-à-dire nous substituer à eux et prendre en charge
cet oisillon d'une dizaine de jours qui commençait à
peine à former quelques plumes clairsemées et qui
était bien sûr incapable de se nourrir lui-même.
Nous n'allions tout de même pas le laisser mourir de
faim sous nos yeux. Je n'avais jamais eu de contact
avec aucun oiseau…

Ayant commencé par l'erreur de prendre ce petit
pigeon entre nos mains, il ne s'agissait pas d'en com-
mettre d'autres pour le tuer radicalement. Voilà qui
aurait assombri un début d'été déjà gris. Ne connais-
sant personne dans les environs qui ait élevé un bébé
oiseau et l'urgence de le nourrir me poussant, j'appelai quelques marchands d'animaux pour recueillir
des renseignements. Un vendeur d'un magasin du
quai de la Mégisserie, à Paris, consulté par téléphone
ce jour-là, me donna sans hésiter le plus fatal des
conseils – je le signale, car s'il y a sans doute là-bas
des gens qui connaissent leur métier et les bêtes dont
ils font commerce, il y a aussi des ignares mercan-
tiles qu'il vaut mieux ne pas écouter : l'un d'eux m'a
affirmé un jour qu'un coq était une poule et qu'elle
pondrait très bientôt, et celui-ci me recommanda
péremptoirement de donner du lait à mon oisillon.
« Ah, oui ? Et quel lait ? – Normal, en bouteille… »

Fort heureusement pour mon bébé pigeon, je savais
– ignorante, mais tout de même ! – que la dernière
chose à donner à n'importe quels petits, qu'ils soient
chatons, chiots, écureuils ou bébés humains, c'est
le lait de vache « normal en bouteille », car ils ne le
digèrent pas. S'ils sont très petits, cela peut même

les faire mourir à la suite d'épouvantables coliques. A fortiori un oiseau, qui n'est pas un mammifère et n'a aucune raison de boire une goutte de lait de sa vie.

L'heure n'étant point à s'attarder à invectiver l'ignare, je poursuivis ma recherche pour sauver mon oiseau qui n'avait absorbé que de l'eau. Ayant eu deux enfants, je savais aussi que, avant la nourriture, le liquide est primordial pour la survie des nourrissons.

Après trois appels infructueux dans d'autres magasins, une jeune femme – toujours quai de la Mégisserie, je le précise honnêtement – me donna une marche à suivre dont la précision me sembla digne de confiance : de la bouillie cinq céréales « normale pour bébé » assez épaisse, additionnée de quatre gouttes de vitamines multiples, administrée par gavage dans le gosier avec une seringue sans aiguille de cinq millilitres, et cela six fois par jour, devrait sauver mon oiseau. Ouf !

J'ai donc couru chez le pharmacien, qui réprime un discret fou rire quand il me voit débouler urgemment dans son magasin, car après lui avoir acheté des antibiotiques pour bébé à administrer à mon chat, je lui avais demandé une autre fois du lait maternisé pour écureuil, et voilà qu'à présent nous en étions à la bouillie pour oiseau – « Nature ou goût vanille ? », me dit-il, pince-sans-rire.

Un mois et demi après, adolescent, le pigeon Chichi se porte bien, s'est réhabitué à vivre avec ses congénères dans un pigeonnier librement ouvert et vole vers nous matin et soir pour une séance de câlins fous, le bec enfoncé entre nos lèvres en couinant et les ailes agitées de tressautements joyeux, tout à fait comme un chien remuerait la queue. Jamais je n'aurais cru qu'un oiseau soit si affectif.

Bien sûr, tout n'alla pas sans quelques angoisses. Par deux fois je ne donnai pas cher de ses jours. La première fois, plus d'appétit, plus de crottes, l'œil terne, la bête engorgée dépérissait. Je pense que le pharmacien m'aurait fait interner si je lui avais demandé un laxatif pour oiseau... J'ai donc pensé à l'inoffensif mais efficace déboucheur de systèmes digestifs qu'est le bicarbonate de soude. La recherche de la dose est bien sûr des plus aléatoires – elle l'est déjà pour les humains – alors on fait « comme on sent ». Au bout de dix minutes de suspense, après lui avoir fait ingurgiter une demi-seringue de bicarbonate très dilué, l'oiseau s'est hérissé de la tête à la queue, a fait deux tours sur lui-même et s'est mis assez joyeusement à maculer la moitié de la table. Il était mieux après.

Une autre fois, la fièvre l'avait transformé en une petite boule brûlante et inerte. La paupière voilée, il ne tenait plus sur ses pattes. Je le voyais déjà mort quand je pensai à l'aspirine universelle. Calcul approximatif là aussi : un vingtième environ de la dose d'un nourrisson pour un oiseau de deux cents grammes. Je me réveillai à cinq heures du matin, certaine de trouver un petit cadavre dans le cageot qui lui servait de nid à cette époque. Un joyeux piaillement m'accueillit, Chichi était dressé sur ses pattes et il s'adonna à un frénétique câlin en enfonçant sa tête entière dans ma bouche, l'œil clos de plaisir. Comment aurais-je pu imaginer sans cette expérience l'infinie douceur d'une paupière d'oiseau sur mes lèvres, l'attendrissant « ploc-ploc-ploc-ploc »

91

des petites pattes courant vers la seringue de bouillie ?

Et il y eut journellement la délicate séance d'accoutumance des chats au volatile. Comment les persuader qu'ils pouvaient chasser ce qu'ils voulaient, sauf ce truc blanc qui se baladait innocemment en picorant le carrelage de la cuisine ? Diplomatie et quelques émotions là aussi. Mais un matin je le trouvai devant la maison, se promenant dans l'herbe en quête de quelques graines, tout à fait tranquille, encadré par les deux chats assis les pattes sagement jointes, le regard apparemment stoïque.

L'avenir dira si l'instinct se taira indéfiniment. Ou si les deux éperviers qui tournent sans relâche au-dessus du pigeonnier iront vers d'autres proies. Étant devenue la mère nourricière de cet oiseau, j'aimerais autant que possible le voir atteindre l'âge adulte. Faut-il ensuite le garder dans une cage pour lui épargner tous les dangers ? Non, mieux vaut la liberté, comme pour les enfants devenus grands – qu'ils vivent leur vie, même si les parents doivent trembler.

L'année dernière, tout l'été fut consacré au sauvetage d'un écureuil. Un arbre qui faisait trop d'ombre abattu en juillet est tombé avec un nid caché en son faîte. Deux petits écureuils d'à peine quelques jours, tout nus, presque des fœtus, échouèrent entre nos mains. Le premier mourut presque tout de suite. L'autre fut sauvé grâce au lait maternisé premier âge. Il prit en quelques semaines un joli pelage roux et une petite queue en panache. Six tétées par jour, là aussi… Je garderai toujours en mémoire l'image de ce petit d'écureuil tétant goulûment son biberon pour poupée, les deux pattes semblables à de petites mains tenant tendrement la tétine. Un nid fut construit pour lui que nous placerions dans les noisetiers non loin de la maison, car le but était là aussi de le rendre à sa vie naturelle dès qu'il serait devenu autonome, ce qui prend plus de temps que pour un pigeon. Nous espérions que l'écureuil irait vers les siens sans pour autant nous oublier complètement – toujours ce vieux rêve de jeter un pont entre le sauvage et le civilisé, de garder l'amitié d'une bête farouche, le privilège d'une complicité inhabituelle.

Mais un écureuil est plus sensible qu'un pigeon, plus nerveux, plus inquiet, plus fragile... Nous l'avons trouvé mort dans son nid un après-midi. On n'a jamais su pourquoi, car il était en pleine forme le matin. Qu'on se sent triste et démuni, après avoir sauvé et élevé un petit tout un été, de le voir soudain devenu cette pauvre chose inerte, minuscule, inutile ! Ce petit vide au cœur tout à coup, cette retombée de rêve, ça serre la gorge. Chagrin primordial, enfantin – on doit avoir le même visage défait que devant le premier ballon crevé ou perdu dans le ciel, le premier château de sable détruit. Le néant a gagné, on a perdu.

J'imagine que si mes deux grand-mères me voient de l'au-delà où elles sont, elles pourraient me tenir des discours bien différents. La mère de mon père, celle qui aimait les animaux mais surtout de loin, aurait pu me dire : « Quelle perte d'énergie, ma pauvre petite fille ! N'as-tu rien de plus utile, de plus intéressant à faire ? As-tu compté le nombre d'heures passées à nourrir cet écureuil ? Et vois le résultat. Ce que tu aurais pu faire de mieux quand tu as trouvé ces petits, c'est de les donner aux chats, ils auraient été très contents de les manger et toi tu aurais gagné beaucoup de temps. De plus, tu aurais été en règle avec les lois de la nature. Mais si tu as vraiment besoin de te dévouer, n'y a-t-il pas assez d'humains à secourir, assez de détresse, assez de solitude à soulager chez tes semblables? Laisse donc les pigeons et les écureuils s'occuper de leurs petits, et s'ils meurent, grands dieux, c'est dans l'ordre des choses! Tu es à la moitié de ta vie, et même un peu plus probablement, tu peux voyager, passer tes étés autrement qu'assujettie cinq fois par jour, des semaines durant, à nourrir inutilement une bête qui crèvera sous peu. Ils sont de plus en plus précieux les étés, tu verras, plus le nombre de ceux qui te restent à vivre en état d'en profiter pleinement va décroissant... C'est affligeant de te voir ainsi t'enfermer, rétrécir ton horizon, alors que tu as tant de choses à découvrir. Tu as deux enfants qui sont presque grands maintenant, tu as fait ton travail de nourricière, ça va. Alors sors de ces gamineries, ma petite fille, la vie est trop courte. Ou bien le monde te fait-il si peur? »

Cette voix-là me provoque toujours un petit écroulement intérieur. Ah! cette culpabilité de perdre son temps, de faire des choses inutiles, comme elle est vivace! Et ce découragement qui me saisit quand on prétend pulvériser les limites de mon jardin, du petit pays que j'aime, pour me dire: « Va, le monde est à toi! » Le monde est trop grand pour moi, les bras m'en tombent, il me laisse les mains vides. Il y a belle lurette que je sais ne pas être une voyageuse et si j'ai été découvrir des paysages divers, ce n'était que pour trouver ceux où j'aimerais revenir, celui où j'aimerais rester – et peut-être mourir.

Mais, heureusement, la voix de mon autre grand-mère, celle qui dormait avec ses poules et faisait parfois dix gâteaux le même jour, vient me revigorer : « Fais ce que tu sens ! Ce que tu fais semble inutile à certains parce que cela n'a rien à voir avec aucune considération intellectuelle. Il n'y a pas de mots pour ça, c'est un contact, une plongée, ce n'est de l'ordre ni du raisonnable ni du raisonnement. Il te faut avoir les mains dans la pâte de la vie. Prends, pétris, nourris, plante ! Soigner tes fleurs année après année, c'est être en prise avec la terre et les saisons, compter avec la patience et le temps, c'est une bonne chose. Et ton jardin vaut bien d'autres paysages, inutile d'en changer, la nature entière y est. Les forces que tu prends là sont supérieures à celles que tu donnes. Elles te nourrissent aussi, au moins autant que tu nourris ces bêtes. Qui a dit que prendre soin de n'importe quelle vie était inutile ? Est-ce parce qu'il y a des malheurs et des guerres qu'on ne fait plus d'enfants ? Est-ce parce que la mort existe qu'il faut économiser son élan vital et nier le plaisir ? Fais donc ce que tu sens être bon pour toi, même si cela paraît restreint et dérisoire. S'occuper de ce qui croît, meurt, fleurit, survit, c'est s'approcher de la nature, du grand mystère dont nous faisons tous partie. C'est tenter d'apprivoiser la peur de l'heure où il te faudra retourner toi-même au grand berceau originel, à la terre. N'est-ce pas là tout ? Alors, apprivoise, plante, nourris et soigne, ma petite fille, et reste où tu es si cela te convient, c'est partie du monde. Pourvu que ton cœur et ta maison restent ouverts. »

Ainsi parlent ces deux voix en moi, et la seconde est la plus forte. Alors je renfile les bottes et quand c'est l'heure de planter, il n'y a que la nuit pour me rentrer. Et il faut donner de l'eau aux poules, et du grain aux pigeons, et de l'engrais aux plantes, et ne pas laisser brûler la tarte dans le four, conserver les haricots verts quand ils débordent des paniers... et les étés passent sans que je me sois arrêtée. Si c'est bon pour moi, effectivement tant mieux. Si c'est un défaut, il ne va pas s'arrangeant.

Ma sœur me regardait l'autre jour nettoyer des légumes, le pigeon sur l'épaule, et garder les épluchures pour les poules, flanquée des deux chats qui attendaient leur dîner. Je lui avais expliqué un instant auparavant, alors qu'elle voulait tuer l'araignée qui vit dans un coin du placard à casseroles, que je la laissais vivre car j'avais remarqué qu'il restait sain et propre depuis qu'elle était là. Chaque placard avait donc son araignée installée dans un coin, fine, discrète, qui curieusement ne touchait ni le linge ni la vaisselle, mais s'occupait de faire le ménage en happant mites et moucherons. Elle m'a jaugée un instant du regard : « Ça y est, tu y vas tout droit, comme la grand-mère... » Il faudra que je fasse attention tout de même, voilà bien huit jours que je ne me suis pas regardée dans un miroir !

Certains souriront, pensant que j'en rajoute – alors que je ne dis pas tout et que je suis au-dessous de la vérité – et d'autres, ceux qui croient naïvement que tous les acteurs passent l'été sur un yacht, dans des palaces lointains ou à boire des cocktails du côté de Saint-Tropez, seront légèrement éberlués. Mais... suis-je vraiment une actrice ?

Et puis, un matin, le pigeon Chichi n'était pas sur le carrelage de la cuisine. Il n'était pas non plus dans l'herbe devant la terrasse. Je regardai d'un œil un instant soupçonneux les deux chats à l'air doux et innocent qui réclamaient leur pitance, quand un bruit d'ailes me fit lever la tête. Chichi survolait la cour avec ses quatre camarades pigeons, que l'on nous avait donnés entre-temps, il se posa avec eux sur le toit et me considéra de là-haut.

– Chichi ? Tu viens, mon Chichi ?

Il ne vint pas.

Le lendemain non plus, et je les vis disposés en brochette sur l'antenne de télévision.

– Chichou ?

Une petite crotte, pour toute réponse.

Le soir, je n'y tins plus et, à l'heure où les cinq compères se retrouvent sur la planche qui soutient le très confortable pigeonnier qu'ils habitent à trois ou quatre mètres du sol, je pris une échelle et montai vers eux. Ils faisaient leur toilette ou picoraient dans l'égrenoir, pas plus effrayés que cela de mon intrusion à leur hauteur.

Chichi vit ma tête apparaître, ma main se poser sur le bord de la planche. « Alors, mon Chichi ? » Il quitta illico ses graines, se précipita vers moi avec le « ploc-ploc-ploc-ploc » si attendrissant de ses petites pattes et… me flanqua un grand coup de bec sur la joue. Déconfite fut la mère nourricière qui avança la main avec des mots doux et prit une volée de coups de bec sur le bras. Puis, au comble de la fureur, l'oiseau s'acharna sur un doigt en essayant de l'arracher.

En subissant les assauts du petit bec heureusement inoffensif, je pensais, déçue je l'avoue, que la gratitude n'existe pas chez les animaux. Il n'avait plus besoin de moi et tenait fort, apparemment, à montrer à ses congénères qui l'observaient, massés à l'autre bout de la planche, qu'il avait choisi son camp. Que venait faire cette humaine dans leur maison ? Ah, mais ! Il allait la flanquer dehors, celle-là !

Je redescendis, penaude.

Ce rejet violent dura quelques jours. Je ne pouvais plus l'approcher. Il me remettait à ma place. Puis au bout d'une semaine, voyant que je ne venais plus l'importuner, il revint se poser sur mon pied, puis sur mon genou. Petit à petit, il entraîna les autres à s'approcher plus près, et un matin, m'étant allongée un moment dans l'herbe, je me trouvai avec quatre pigeons se promenant sur moi comme sur un boulevard, picorant les fleurs et les boutons de ma robe. C'était charmant. Puis ils allèrent tous ensemble se baigner au bord de la mare, et moi je m'en fus retrouver mon cahier.

Chacun avait sa place et tout était en ordre. Chichi m'avait rendu ma liberté. Je ne suis plus la mère de cet oiseau.

Je donnai un nom très simple au petit chat gris qui avait choisi de vivre avec moi : Titi. J'appris par le vétérinaire que c'était un chartreux, race de chats trapus à la tête ronde, aux yeux jaune d'or, au sous-poil court et laineux, au caractère doux et à l'amitié stable et fidèle. J'ai toujours pensé que ce chat-là est à peu près l'équivalent du labrador chez le chien. Seuls quelques poils plus clairs en triangle au niveau de la poitrine attestaient que mon chartreux n'était pas de race pure, mais de ceux dits « irréguliers », dont les caractéristiques spéciales héritées d'un ancêtre plus ou moins lointain ressortent parfois au milieu d'une portée de chats « ordinaires ». Je sus aussi plus tard que ces chats « irréguliers » sont précieux, car le tempérament parfois bien tranché de leur race d'origine est tempéré par le mélange avec les chats de gouttière – chats européens – bien connus pour leur caractère joueur, intelligent et naturellement câlin.

Titi était un chat magnifique et il avait toutes les qualités. Le sort m'avait fait là un véritable cadeau.

Je découvris avec lui que vivre une vie moins sauvage et irrégulière n'avait rien d'ennuyeux, au contraire.

Parmi les deux ou trois choses que je suis parvenue à savoir sur moi-même, il en est une que j'ai souvent constatée : je ne fais pas dans la demi-mesure. Après avoir parfois retardé des années le moment de prendre une décision, avoir freiné de toute ma force d'inertie un virage nécessaire, je peux me retrouver, celui-ci étant amorcé, à virer de bord à 180 degrés, à ma propre stupéfaction, et rien alors ne m'arrêtera ni ne me fera revenir en arrière. C'est ainsi que moi qui étais, avant vingt-sept ou vingt-huit ans, de tous les voyages impromptus, de toutes les sorties nocturnes ou autres, je devins brusquement casanière – ce qui ne s'est pas démenti jusqu'à présent et jusqu'au point extrême décrit dans quelques-unes de ces pages. Moi qui étais joyeusement partante pour toutes les aventures et rencontres amoureuses fortuites, je devins tout aussi brusquement et farouchement monogame, absolument fidèle à l'homme avec lequel je choisissais de vivre, et ceci jusqu'au bout de cette relation. Cela ne s'est pas démenti non plus jusqu'à présent, je le dis tout simplement. En somme, je changeai du tout au tout, et je crois pouvoir affirmer, vingt ans après, que ce changement fut profond et définitif.

Je n'irai pas jusqu'à dire que je me métamorphosai grâce à mon chat, ce serait très exagéré. Mais il m'y aida, oui. D'abord, il m'aida à être, simplement être, en oubliant de paraître. Ce n'est pas rien. En avais-je eu l'occasion, même une seule fois, depuis que je vivais ma vie de jeune fille, puis de jeune femme indépendante ?

Se rend-on compte à quel point, par exemple, nous sommes tributaires de notre apparence, combien elle conditionne nos rapports avec les autres, nos attirances et jusqu'à nos choix d'amitié? Et je ne parle pas de la véritable dictature de jeunesse et des canons de beauté présentés, ou plutôt imposés, par les magazines. Non, je parle simplement de ce que nous sommes physiquement, grands, petits, gros, nerveux ou mous, parés de cheveux opulents ou chauves, la fesse fringante ou plate, vieillissant plus ou moins bien, sans parler des défauts physiques rebutants, des handicaps, des cas de laideur indéniable ou aussi de beauté ordinaire, ou exceptionnelle. Sur ce plan, tout se paie vis-à-vis de nos semblables. Qui peut se vanter d'avoir une relation d'amitié, apparemment tout à fait intellectuelle, qui fasse totalement fi de l'image que l'autre a de nous? Qui ne s'est posé la simple question de savoir si son mari ou sa femme l'aimerait encore défiguré ou gravement infirme? Je ne veux pas dire que l'apparence est tout et que l'on ne puisse surmonter les conventions, les attirances ou les préventions, même les dégoûts, par intelligence ou par amour. Mais cette dépendance à notre apparence fait partie de notre vie, pèse sur nous, hommes ou femmes, jeunes ou vieux, beaux ou laids. à un point que souvent nous ne soupçonnons pas.

Les femmes en ont bien sûr plus évidemment conscience, mais personne n'est épargné par ce souci perpétuel : de quoi ai-je l'air? Est-ce que je ne déplais pas? Il fait partie si intégrante de notre vie que si d'aventure nous voyons un être humain qui se désintéresse de l'image physique qu'il donne, indifférent à l'effet que son aspect produit sur les autres, nous prenons cela comme un signe grave de désespoir, de dépression profonde, preuve d'un état suicidaire ou stade terminal d'une grave maladie. L'expression bien connue « il, ou elle, se laisse aller », constat d'un abandon de l'envie de vivre, montre bien qu'on ne peut pas se laisser aller ordinairement.

A fortiori quand on est femme, jeune, belle – on pourrait croire que les gens jeunes et beaux sont allégés de ce souci, or c'est le contraire – et qu'on a choisi le métier de comédienne. On se sert de ce que l'on est et d'abord directement de sa peau, de ses yeux, de son type, de sa voix pour incarner des personnages. C'est le seul métier, le seul artisanat où la matière première employée pour créer est soi-même, et en premier lieu son apparence. Impossible d'y échapper, on est son propre matériau, son instrument, et au début le critère physique est à peu près le seul élément sur lequel on vous engage. On cherche un petit blond, une grande brune, un naïf ou une ténébreuse, mais il faut de toute manière être agréable à regarder. Hors cette frontière, il y a les rôles typés, les ridicules, les comiques... On sait vite où on est classé, et de talent, dans les débuts, il est fort peu question. Si on en a un peu, on lutte. On sacrifie à l'apparence, on donne ce que les autres attendent de vous en espérant très fort que l'on s'apercevra que vous donnez un peu plus que cela, et qu'un jour, ô espoir, on vous choisira pour ce que vous avez à l'intérieur plutôt ou autant que pour votre apparence. Mais pour qu'on en vienne à dire d'une jolie jeune femme qu'elle a « quelque chose dans le buffet », il faut qu'elle ait fait un travail de forçat pendant des années pour le prouver !

Fort heureusement, on peut mieux montrer sa valeur au théâtre, où l'on est à peu près obligé d'avoir « quelque chose dans le buffet » pour n'être pas mauvais ou ennuyeux. C'est pourquoi je plains les jeunes comédiens et comédiennes qui ignorent la scène et ne font que du cinéma ou de la télévision, ils sont davantage assujettis à leur image. Car tout porte, sur un tournage, à mettre en valeur avant tout l'image que l'on donne, surtout lorsqu'on est jeune ou débutant. C'est un piège insidieux et terriblement déliteur de talent – je le sais, j'ai failli tomber dedans – qui vous pousse à oublier de cultiver ce que vous avez en vous, à une obsession qui peut atteindre une sorte de névrose, de folie. On voit des filles d'à peine trente ans courir chez les chirurgiens esthétiques, par crainte de ne plus être conformes à on ne sait quel critère de perfection physique. De peur d'être laissé pour compte, on devance le temps, la moindre ride n'est pas encore apparue qu'on la répare à l'avance, on se fabrique, on porte à bout de bras une image de soi idéalisée qui devient vite un beau masque. La pression sociale est si forte qu'avant même le jugement des autres on devient son propre dictateur, le meurtrier de sa personnalité. Et bien loin de moi l'idée de jeter la pierre ou de me moquer – sourit-on de ses propres peurs ?

Je suis toujours très frappée, lorsque je vais à l'une des grandes manifestations mondaines de mon métier, de lire tant de terreur dans les yeux des femmes – de presque toutes les femmes, jeunes et moins jeunes. Derrière les maquillages, les bijoux, les coiffures impeccables, ces faciès tendus, bridés, ces yeux un peu fixes et durs, tous ces muscles bandés, jusqu aux fessiers, afin de tendre la peau et éviter que quelque chose ne s'affaisse par inadvertance. Ce qui-vive permanent, ce contrôle ardu de son image n'aident pas, certes, à la souplesse des expressions et à la spontanéité des sourires... Il y a quelque chose de tragique, d'infiniment triste dans cette peur au fond des yeux. Et je ne ris pas, non, car je tremble qu'on ne lise la même peur dans les miens – je la vois si mal cachée derrière une apparente désinvolture. On veut se croire plus fort, mais nul n'est à l'abri. Il faut un tempérament de révolutionnaire pour rejeter sans hésiter cette dictature de l'image, de la jeunesse à conserver à tout prix. Je ne connais guère que Simone Signoret qui ait proclamé que jamais elle ne se ferait arranger la gueule – j'emploie ces mots car ils me furent dits par elle et je les entendis de mes propres oreilles – et qui ait tenu parole.

J'ai eu la chance, encore jeune, de me rendre compte du poids de ce fardeau sur mes épaules de femme à l'occasion d'un rôle très spécial que je tenais dans un film. J'y jouais un personnage plutôt inquiétant et malsain – le fameux contre-emploi – tout habillée de noir, non maquillée et les cheveux gras, et je fus surprise de l'indicible soulagement que j'éprouvais. D'abord, j'arrivais sur le tournage assez tard car je n'avais pas besoin de la sacro-sainte heure et demie de maquillage. J'étais parfaitement déten-due, sans angoisse, puisque quel que soit l'état dans lequel j'arrivais on me prenait « telle quelle », et même on m'« abîmait » ! On m'ajoutait des cernes, on accentuait ma pâleur, on me collait de la glycé-rine sur les cheveux – qu'il m'était recommandé de ne pas déchiffonner au réveil – et, ainsi arrangée, tout le monde me trouvait épatante. Quel délice! Quel repos! Je m'aperçus que j'étais moins fatiguée que d'ordinaire et que je n'avais aucun de ces coups de pompe mortels qui entrecoupent régulièrement, et encore maintenant, mes journées de tournage. Le poids de cette obligation d'être à mon avantage s'était soudain envolé, et je mesurai alors combien il était pesant, obsédant, combien il remplissait ma vie pour m'épuiser à ce point. La différence, ma détente, était si flagrante que cela me donna beaucoup à réfléchir.

Auparavant j'avais subi cette pression, comme tout le monde, sans trop en prendre conscience. Le maquillage, notamment, avait pour moi une extrême importance. Je me peignais le matin pour sortir, pour jouer, excessivement. En fait j'avais l'impression qu'il fallait que je me dessine pour exister, et si d'aventure je sortais sans être fardée, j'avais le sentiment d'être sans visage, de montrer des traits informes, flous. Ce sentiment fut renforcé par le fait que, lorsque je commençai à être un peu connue, il suffisait que je sorte démaquillée pour que personne ne me reconnaisse. Même des gens que je côtoyais régulièrement, ou avec qui je travaillais, passaient près de moi sans me voir ou, pire, me regardaient sans me dire bonjour, me prenant pour quelqu'un d'autre. J'avais donc vraiment l'impression de ne pas avoir de visage, de n'être personne si je ne construisais pas mon image. Je n'ai pas pensé, à l'époque, que j'étais peinte comme une geisha ou un acteur de Kabuki, qu'on ne reconnaissait certainement pas non plus sans leurs masques!

Ainsi, je ne me rendais pas compte que, tout en

essayant d'exister d'une manière authentique, j'étais entièrement investie dans le paraître. Mais je dois dire à ma décharge que tout vous y pousse quand on est jeune comédienne. Les gens vous ramènent au souci de l'image d'une manière permanente, parfois avec les meilleures intentions. Il est très difficile d'échapper aux petites phrases, remarques, conseils, dont certains, plus pervers, vous piquent juste au moment où vous laissez aller votre naturel, comme s'il fallait le faire disparaître et rentrer dans votre jolie coquille comme un vilain bernard-l'ermite qui aurait pointé son nez...

J'ai un exemple précis, souvenir cuisant de ce que j'appellerai plus tard les « petits meurtres », souvent apparemment innocents. J'avais un jour à tourner une scène de fou rire. A moins d'une rare disposition personnelle – comme certaines personnes l'ont pour pleurer sans effort – rire naturellement, longtemps et autant de fois qu'on vous le demande est très difficile pour les jeunes comédiens. J'avais donc très peur de cette scène. Le jour du tournage, nous faisons une, puis deux répétitions qui se passent plutôt bien. Le metteur en scène me félicita et annonça qu'on allait filmer la séquence. C'est alors que le technicien qui était derrière la caméra se pencha pour lui parler à l'oreille et, après que le metteur en scène eut opiné du chef pour exprimer son accord, il sortit de derrière la caméra et se dirigea vers moi. Moi, j'étais toute à mon bonheur d'avoir maîtrisé une difficulté qui m'avait causé un trac fou, je jouais, je ne pensais qu'au plaisir de bien faire mon métier, de me laisser aller à rire mieux encore, et encore plus spontanément, quand l'homme se pencha vers moi et me dit :

« C'est bien... Mais, fais attention, quand tu ris on voit tes gencives, c'est vraiment moche. » On s'en relève très difficilement d'un coup comme ça. C'est un seau d'eau froide sur le naturel, un croc-en-jambe en pleine sincérité. Une petite phrase assassine comme celle-là, même si on veut l'ignorer, même si on veut l'oublier, reste en tête très longtemps, des années, chaque fois que l'on a à rire.

Le paraître était omniprésent aussi dans ma vie privée – mais puis-je qualifier de « privée » ma vie sentimentale de ces années-là ? On m'invitait en premier lieu parce que j'étais jolie, il est flatteur de sortir avec une fille sur laquelle on se retourne. Je dois dire que j'étais complice puisque je ne tenais pas à ce que l'on s'approche trop de la petite fille tremblante qui était cachée tout au fond de moi, bien protégée derrière mon beau masque...

Mais il faut bien rentrer tout de même, se démaquiller, laisser tomber la jolie robe, l'image, la fatigue de ce contrôle, et se retrouver soi. Qui est-on ?

Pour moi. c'était cela. Mais pour d'autres c'est la compétition incessante, la course à l'avancement, le sourire obligatoire aux clients toute la journée, au chef qui ne vous a pas à la bonne et avec qui il faut quand même être aimable, la peur permanente de n'être pas à la hauteur, d'être devancé, trop lent, en retard, l'obligation d'écouter les histoires et les plaintes des autres, l'impression de n'être écouté de personne en retour, d'être mangé par les horaires, les enfants, le souci de leur avenir après qu'ils ont fait des études si longues et si ardues qu'elles ressemblent à des parcours du combattant où l'on n'apprend ni à être enthousiaste ni à découvrir ce pourquoi on est vraiment fait – on n'a pas le temps, il faut juste déjà tenir le coup et ne pas craquer – tout ça suivi par des examens qui ressemblent à des écluses sélectives puisqu'il n'y a pas assez de place pour tout le monde après, alors malheur au trop lent, au trop sensible, au doué en une seule matière, à l'artiste... De toute manière, tous vont se retrouver à ramer ensuite, jamais sûrs de rien, avec l'obligation, comme nous le serinent tous les magazines photos, d'être jeunes, beaux, compétitifs, pleins d'énergie et surtout jamais, jamais, jamais, jamais découragés. Malheur aux découragés ! Ils ont intérêt à se cacher...

Mais il faut bien rentrer, là aussi, laisser tomber un moment la compétition, les sourires obligés, le stress des embouteillages, le qui-vive pour demain, se laisser aller, se laisser aller, se laisser aller... Se retrouver. Et qui est-on, tout au fond de cette fatigue ? Qui va écouter l'enfant caché en chacun de nous, qui croyait quand il était petit que la vie, la vie qu'on lui a donnée sans qu'il demande rien, ce serait plus beau, plus doux, plus simple que ça ? Qui va se blottir tout simplement contre cet ancien enfant épuisé et secrètement déçu, et consoler par sa seule présence, sa tendresse muette, sa chaleur, ce découragement au-delà des mots ? Avec qui s'abandonner sans peur, si faible, nu et démuni qu'on se sente, et retrouver un moment l'innocence perdue ? Qui va vous accueillir avec joie, vous faire fête quel que soit l'état de fatigue dans lequel vous rentrez, vous prendre tel que vous êtes comme un merveilleux cadeau, ne vous poser aucune question, ne rien vous réclamer, ni d'être beau, ni d'être en forme, ni d'être compréhensif, ni même d'être aimable si vous n'en avez pas envie ?

Il y a en France actuellement entre seize et dix-sept millions de chiens et de chats. Cette énorme population ne va pas sans poser quelques problèmes, le contrôle de reproduction par exemple, sans parler des services spécialement créés en ville pour ramasser les excréments des chiens, sur lesquels, sans cela, on glisserait à chaque pas et dont le poids atteint journellement à Paris environ une tonne et demie – chiffre qui nous fait sourire mais sans doute moins ceux qui les ramassent. Environ un foyer sur deux possède au moins un chien ou un chat, sans parler des quelque six millions d'oiseaux et vingt-trois millions de poissons, et ce chiffre va augmentant d'année en année. Cela ne m'étonne pas. Je suis pour ma part certaine que le stress grandissant que nous subissons, l'éloignement des valeurs simples, provoquent un besoin de contact avec les animaux, avec cette petite part de nature et de simplicité rassurante qu'ils représentent – l'avoir chez soi, « à soi », est encore mieux. C'est, à mon avis, l'une des raisons de cet engouement, et plus la pression sociale se fera forte, plus il s'affirmera, j'en suis persuadée. On compense, on se console, on prend des forces avec les bêtes. Elles deviennent un complément indispensable, à domicile, pour supporter notre monde malade.

On m'a cité le cas d'une jeune femme heureuse dans son mariage, avec deux beaux enfants, peu de soucis apparents, et dont le mari disait qu'elle aimait sa chatte de manière hystérique, car l'urgence à son réveil était de prendre l'animal, de le toucher, de le garder contre elle avant même d'aller voir ses enfants. Il jugeait cette préséance comme inadmissible et anormale

Je suppose que ce mari, n'ayant pas compris ce dont elle avait besoin, était lui-même un peu jaloux de cette urgence de caresser la chatte et pouvait penser qu'elle la « préférait » à ses enfants, voire à lui, puisque c'est d'elle dont la jeune femme avait besoin dès son réveil. Elle disait : « Ma chatte m'est indispensable. Il faut absolument que je pose mes mains sur elle le matin, sinon je me sens mal. J'en ai besoin Elle me donne des forces. »

Sans doute cette jeune femme apparemment heureuse et sans problèmes avait-elle un grand épuisement intérieur, peut-être simplement à être jolie pour son mari, bonne mère pour ses enfants, en forme pour tout le monde, et qu'un besoin fondamental de silence et d'abandon n'était pas satisfait. Peut-être avait-elle l'impression de ne jamais donner assez, que ceux qu'elle aimait étaient toujours en manque de quelque chose – c'est dans notre nature humaine d'être rarement satisfaits – et qu'elle s'en sentait coupable. Elle aurait dû pouvoir les combler et se reprochait de ne pas y parvenir. Peut-être avait-elle un besoin d'affection gratuite, de confiance inconditionnelle, reposante, sans qu'on lui réclame rien. Et peut-être aussi, en posant les mains sur l'animal, le matin, le faisait-elle en secret dépositaire de son besoin de douceur et de paix, de sa paresse, et que, le serrant contre elle, elle lui confiait tout cela, tout cela si précieux pour elle, mais qui ne lui aurait servi de rien dans la journée à venir car ce n'est pas cela que les autres attendent de vous. Ensuite, la chatte étant gardienne d'une intimité qu'on ne peut dire à personne, qui n'a pas d'emploi dans la vie courante, la jeune femme la laissait se lover dans un coin de la maison, heureuse de savoir qu'une part d'elle-même était là, tranquille, et elle pouvait alors vaquer à ses occupations avec plus de courage.

Tout ce qui fait la vie et la fatigue de cette jeune femme, je le suppose, je ne la connais pas. Mais ce qu'elle ressent, ce qui se passe quand elle prend la chatte contre elle le matin, je le sais. Je l'ai vécu. Je le vis encore quand je prends contre moi un chat que j'aime. C'est chaque fois une émotion neuve. Ça passe par les mains d'abord, effectivement. Parfois, au moment où je les pose sur lui j'en tremble un peu, de ce léger tremblement qu'on ressent quand la faim vous provoque une petite faiblesse. Et c'est bien d'une certaine faim qu'il s'agit, je crois. On doit avoir l'air tout à fait hébété quand on laisse monter en soi la sensation de douceur, de chaleur, et son besoin d'affection à lui, l'animal. Puis, quand il vient se blottir contre la poitrine, ce petit décrochement au niveau du plexus, parfois un véritable déclic, très doux, suivi d'un léger étouffement et tout de suite après d'un gros soupir. Un espace intérieur différent s'est dégagé. Au début, c'est un peu chaotique, il y a quelques inspirations désordonnées, émotives, puis ça se régularise. On laisse faire, on ferme les yeux Parfois le ronronnement du chat, sa vibration passant directement de sa poitrine à la vôtre, accentue encore cette impression que quelque chose se dénoue, se détend et s'ouvre. Puis cela se stabilise, on respire vraiment différemment à l'unisson du chat, et le corps et l'esprit s'en trouvent apaisés, réconfortés.

Je ne sais pas définir cet espace intérieur, sorte de troisième poumon intime – et c'est sans doute pour tenter de comprendre ce qu'il est que j'ai eu envie d'écrire ce livre – mais il existe, précis, précieux et indépendant de toute autre affection. C'est vraiment autre chose. J'ai maintenant, à l'instar de cette jeune femme, deux enfants que j'adore, un compagnon doux et aimant, un métier riche de diversité, de rencontres, je ne suis donc pas en peine ni d'amour ni de centres d'intérêt, et pourtant à moi aussi mon chat est nécessaire. J'ai besoin de lui pour partager, ouvrir cette petite part de moi-même assez mystérieuse, qui ne vole rien à personne, mais dont j'ai reconnu l'existence et qu'on ne peut plus ignorer quand on a reconnu aussi qu'elle était une des très bonnes, peut-être une des meilleures parts de soi-même. Bien sûr, on peut se passer d'un animal, ce n'est pas vraiment indispensable pour vivre, mais c'est plus difficile quand on a pris conscience de cet espace particulier en soi, qu'on a découvert que l'animal pouvait en être la clé, le compagnon, et qu'on a éprouvé la richesse de cette délicate et silencieuse communion.

Vers mes trente ans, lors du grand virage dans ma manière de vivre, la présence à mes côtés de Titi, mon premier chat de hasard, fut capitale pour moi. J'ose le dire et je n'aurai pas peur des grands mots : il fut le gardien de ma vérité intérieure.

Je ne le vivais pas comme tel à l'époque, bien sûr. Nos rapports étaient simples, ludiques et clairs, profonds sans en avoir l'air. Je vivais seule encore dans ce grand atelier que j'avais choisi comme port d'attache. Je rentrais du théâtre ou de rendez-vous, de sorties, toujours bardée de défenses très allurales, le visage peinturluré. J'ouvrais la porte et l'appelais tout de suite. Ou bien il était déjà là, m'ayant sentie venir. Et il est vrai que, souvent, sans même retirer mon manteau, je prenais Titi contre moi. Il s'abandonnait un instant contre ma poitrine et je ressentais ce si doux décrochement au plexus, cette vibration de pure affection qui passait de lui à moi. Alors je le posais tout doucement à mes pieds et je laissais tomber tout le reste, l'excitation du dehors, du jeu, ma peur des autres cachée derrière mon masque frondeur, la griserie de l'entraînement à paraître, tout ce qui faisait ma vie sociale. J'enlevais mes jolis oripeaux, me débarbouillais et Titi me regardait faire. Il me suivait partout, s'asseyait posément à côté du lavabo, sur la table, et ne me quittait pas de ses beaux yeux dorés. J'étais chez moi et sous ce regard de chat je me retrouvais, moi. Ni apparence, ni jeu, ni défenses n'avaient plus aucune importance. Aucune séduction, aucun masque n'était de mise sous ces yeux-là, graves et tranquilles, qui m'acceptaient, qui m'aimaient telle que j'étais. Et ce n'est pas du tout comme se retrouver seule. Seule on peut continuer à tourner en rond dans sa tête, à nourrir ses peurs et ses fantasmes, à délirer en vase clos, rien n'empêche. Mais un tel regard est une réelle présence, un témoin, un garde-fou, et des plus fidèles quand il est attaché sur vous avec cette constance – à condition que l'on veuille bien le voir et lui accorder une importance, bien sûr.

Ce chat-là n'était pas très câlin, il venait rarement spontanément dans mes bras ou sur mes genoux, et son abandon contre moi était intense mais de courte durée. Il reprenait vite une certaine distance de corps. Cette pudeur l'a aussi tenu éloigné de mon lit, il n'y a jamais posé une patte. Je ne l'ai pas vraiment déploré, c'était mon chat, celui qui m'avait choisie, il était ainsi.

Et puis cette distance physique était compensée par ce regard extraordinaire, cette attention permanente qu'il me témoignait et aussi par cette manière de « parler » comme après une longue réflexion, ou mû par l'exigence d'un sentiment très fort à exprimer. Ainsi, s'il était assis devant moi, sur la table par exemple, il me regardait de longues minutes, puis tout à coup son expression changeait, son front se crispait – les fronts des chats se plissent comme ceux des humains sous l'emprise d'une émotion ou d'une angoisse – je le voyais se gonfler de quelque chose d'irrépressible, d'un élan intérieur qui le soulevait presque, mais au lieu de venir vers moi pour se frotter à mon visage ou se blottir contre ma poitrine, une sorte de contraction de tout son être l'amenait à exsuder un « mmrrrou! » vibrant, qu'il m'adressait sans me quitter du regard, sans bouger de sa place. Parfois, c'était un double, un triple « mmrrrou! » modulé en crescendo, et la force de son expression était telle qu'il se trouvait pour le coup réellement soulevé et qu'il devait rétablir son assise. Puis il continuait à me regarder de là où il était, mais c'était comme s'il s'était jeté vers moi avec des mots d'amour.

Quelquefois son trop-plein d'affection le poussait à se déplacer, à venir s'asseoir juste en face de mon visage, puis penchant sa tête et tout son corps vers moi il appuyait son front contre le mien un long moment. Nous restions ainsi, front contre front, en silence, lui appuyé sur moi au point de perdre l'équilibre si j'avais bougé la tête, et il me semble me souvenir que c'est généralement moi qui me lassais la première de rester ainsi immobile.

Je crois que ce contact front contre front est la manifestation supérieure de la tendresse chez les chats. J'ignore si c'est une manière de s'exprimer courante chez les autres mammifères, car elle est déjà rare chez eux. Mais Titi était un chat très intellectuel...

Bien sûr, je ne restais pas là constamment les yeux plantés dans les siens, j'étais très active, je vaquais à mes affaires, ménagères ou autres, je téléphonais, je cousais, je répétais mes rôles, mais son regard vigilant, si calme et tranquille, m'était un rappel permanent à un ordre des choses simple et apaisant. Il finissait par avoir raison de toutes les excitations factices, de tous les emportements et mirages que j'aurais pu développer seule. Ce regard me suivait partout, je pouvais l'oublier, ne pas m'en soucier un long moment, puis je retombais sur lui. Je m'y arrêtais, l'attention happée par sa discrète vigilance.

– Mmrrrou!

– Oui? Qu'est-ce que tu veux?

Mais la plupart du temps, il ne voulait rien, rien d'autre que me dire « mmrrrou! », qui signifiait sans doute « je suis là », et le contraste entre mon agitation d'humaine et son calme de chat était frappant.

Enfin venait le moment où je me posais, où je le rejoignais dans sa paix, ce qui m'était assez difficile à l'époque, mais sa tranquille persuasion à lui, l'animal, m'y amenait doucement. Et si j'acceptais d'être à son unisson, je me retrouvais et reprenais contact avec ce que j'étais profondément. Je suis certaine qu'en étant simplement avec lui, laissant de côté pour un instant mes mouvances d'alors, je reprenais l'expression, le regard que j'avais étant petite fille, le visage que mon père prit une fois en photo avant de mourir et que j'appelle mon « portrait intemporel » tant j'y suis tout entière, sans aucune défense et presque sans âge. Ce sont ces yeux-là que je devais avoir en regardant cet animal à l'affection si belle et si pure, en posant mon front contre le sien. Et c'était plus que du calme, plus que de l'apaisement, à présent je sais que c'était une sorte de reconnaissance. Ce que me donnait cette bête, et ce qu'elle était, c'est vers quoi je tendrai toute ma vie. Atteindre, dans mes rapports avec mes semblables, cette évidence, cette simplicité, cette constance lumineuse.

J'étais bien loin de me dire cela en ces termes, bien sûr. Que sait-on à vingt-cinq et même à trente ans de ce que l'on veut, de ce que l'on recherche vraiment ? On cherche, on va, c'est tout. Et je ne songeais pas à comprendre pourquoi je me sentais si bien, si totalement en accord avec moi-même aux côtés de mon chat... Mais tout de même, au milieu de mes errances, déjà, je devais bien sentir que, pour moi, foin de complications sentimentales, foin de passions échevelées ou sophistiquées, foin de la coquetterie, des rapports de force pointant leur nez derrière l'illusion amoureuse, foin de domination, de marchandage sous couvert d'entente égalitaire, foin de la sourde lutte entre hommes et femmes. Tout cela, cela que je voyais partout autour de moi, je n'en voulais pas. Ce n'était pas fait pour mon vrai moi. Tous ces jeux, que je voyais se jouer comme si rôles et règles étaient établis de tout temps et coulaient de source sans que nul ne se révolte, ne m'intéressaient pas et – peut-être pire! – ne m'amusaient pas. Mais à cet âge on n'avoue pas aisément, et on ne s'avoue pas encore à soi-même, qu'on ne recherche, même en amour, qu'un rapport simple et clair qui s'apparente à ce qu'on nomme « sincérité », « droiture », « franchise » et aussi « naïveté ». En regard de cela, les troubles séductions me semblaient déjà de la dernière fadeur… Mais ce sont des qualités à la réputation si peu exci-tante qu'on les garde pour soi de longues années avant d'avoir la force, j'allais dire le culot, de les revendiquer! Et pour faire bon poids j'ajouterais la « gentillesse », mot si décrié, si tourné en dérision par les esprits qui sont incapables de se l'attribuer. C'était toutes ces qualités cousines de ce que m'of-frait cet animal dans sa relation avec moi, et aux-quelles j'aspirais, qui se trouvaient jour après jour rappelées et confortées à son contact. Il en était la personnification, et en quelque sorte le gardien, oui, même si j'étais bien loin de pouvoir les atteindre.

Puis je rencontrai quelqu'un et fis, dans la ligne de mon nouvel équilibre, une première expérience de vie commune. Titi regarda avec bienveillance un homme s'installer à mes côtés. Cela alla bien. Puis moins bien. L'apprentissage était difficultueux. C'était dur d'apprendre à vivre à deux. Titi voyait tout cela de son bel œil philosophe. J'appuyais sou-vent mon front contre le sien, le rejoignant dans son silence, mais mon silence à moi, bien loin de la séré-nité du sien, était chargé de chagrin et de déception, d'abord vis-à-vis de moi-même.

Ensuite vint celui qui allait devenir le père de mes enfants, et Titi l'accueillit, aussi, avec bienveillance. Il eut un peu plus de mal avec cet homme-là – j'en parlerai peu – car il était de ceux qui affirment qu'avec les chats tout est affaire de rapports de force... Le chat eut donc fort à faire pour entreprendre son éducation, car l'homme était rebelle et fortement attaché à ses idées. Mais peu à peu Titi parvint, à peu près je pense, à lui prouver le contraire. Cela prit tout de même quelques années, mais les chats ont toutes les patiences...

Il y eut des projets, des discussions, des voyages, du travail en commun, des vacances. Titi redécouvrit la campagne, je la découvrais avec ferveur. La vie allait, les années s'envolaient, et Titi, fidèlement, posait sur moi ses beaux yeux dorés à l'affection immuable et tranquille.

Il me regardait grandir.

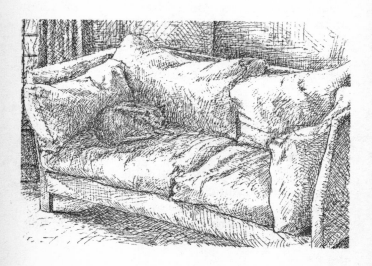

Le chat et l'écrivain forment un couple parfait. En vérité, je n'en connais pas de plus harmonieux. Il m'a été donné de le vérifier encore une fois cet été pendant l'écriture de ce livre.

Nous avions, six mois auparavant, adopté une nouvelle chatte, Mina, qui n'était pas une « chatte de hasard », aucune rencontre fortuite ni choix de sa part ne l'ayant menée à vivre chez nous. Des voisins, qui cherchaient à placer une portée dont la mère s'était fait écraser, nous l'avaient donnée. Mon cœur d'orpheline n'avait pas hésité longtemps…

C'était une petite chose grise, très fine et délicate, au minois triangulaire surmonté de grandes oreilles, à la longue queue en pointe oscillant en élégantes arabesques, et qui posait ses pattes sur le sol avec d'infinies précautions comme si elle craignait de s'y brûler. De temps en temps, un miaulement frêle, sorte de modulation chantante à peine audible, lui échappait, tout en nous regardant avec de grands yeux timides et interrogatifs. Devant tant de grâce fragile, je la surnommai « l'aristochatte ».

Le vétérinaire m'apprit que, bien que sa couleur soit approchante de celle des chartreux, celle-ci tenait d'une race que l'on appelle « bleu russe », morphologiquement beaucoup plus fine et d'une nuance de poils plus bleutée. J'avais encore hérité d'une « irrégulière », avec le fameux petit triangle de poils blancs sur la poitrine qui attestait qu'elle n'était pas de pure race.

Après quelques semaines, bien qu'elle ait acquis une certaine confiance, Mina restait craintive, facilement effarouchable pour un geste brusque, un froissement de papier. Les enfants n'arrivaient pas vraiment à se familiariser avec elle, toujours un peu fuyante, acceptant les caresses sur la pointe des pattes, comme elle aurait accepté une tasse de thé avec circonspection et le petit doigt en l'air, nous reniflant de l'extrême pointe du museau, frémissante et prête au repli. Moi-même j'avais du mal à m'y faire, peu encline à aimer ces tempéraments de chats angoissés et trop nerveux. Nous avions plutôt l'habitude, à la maison, des braves bêtes confiantes et franches, qui grimpent sur la table hardiment, en redescendent en râlant si on les chasse pour y remonter illico, qui s'étalent le ventre en l'air en travers des portes – point commun absolu avec les jeunes enfants – sans craindre qu'on les écrase par inadvertance, et qui vous marchent sur le ventre le matin en traversant le lit avec la sûreté et le sans-gêne d'un propriétaire qui arpente son champ.

Au bout de quelques mois de mines pointues toujours sur la réserve, de queue perpétuellement en point d'interrogation, de grands yeux incertains sous un petit front plissé d'anxiété, la charmante, la si fine, la délicate aristochatte Mina était au bord de nous énerver !

Quelques séjours à la campagne n'avaient pas rendu cette bête plus hardie et plus familière. Elle était gentille, vraiment très gentille, mais hypersensitive et un peu distante. Nous n'étions pas réellement adoptés par elle et nous nous sommes dit que cette chatte-là pourrait bien partir un de ces jours vivre sa vie ailleurs...

Puis, vers la fin du printemps, me vint l'envie de faire ce livre-ci, moi qui pensais, après avoir écrit le livre de ma vie – *Le Voile noir* – peut-être ne plus jamais écrire autre chose, ayant le sentiment d'avoir TOUT dit.

Je commençai donc à organiser la table d'écriture, toujours dans la même chambre, avec la papeterie et le petit bordel environnant, le tapis, le bouquet frais, enfin tout ce rituel un peu maniaque qui sert aussi à m'annoncer à moi-même le début officiel de la chose.

Mon cahier à petits carreaux s'étalait, ouvert et encore immaculé, devant moi, mon stylo avec sa recharge feutre toute fraîche en batterie, prêt à tracer un premier mot, quand l'aristochatte arriva sur la pointe des pattes, traversa la grande chambre, sa longue queue oscillant gracieusement, son petit visage triangulaire tendu interrogativement vers moi. J'en fus surprise car sa montée à l'étage était rare, surtout dans la journée. En peu de temps elle avait tout inspecté, tout reniflé avec une intrépidité qu'elle n'avait jamais manifestée jusque-là, pour finalement s'allonger comme une odalisque, juste sous mon nez, en travers du cahier. Je tentai de négocier une place

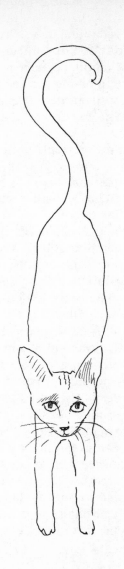

sur un autre cahier ouvert afin de pouvoir écrire sur celui-ci – non, elle était trop loin de moi… Je lui plaçai un siège avec un coussin tout contre le mien pour qu'elle se couche à mes côtés – non, elle était trop loin du cahier… Elle finit, après bien des tournicotis affairés et une tendre obstination, par se blottir sur mes genoux, pour le coup exactement entre moi et le cahier, le menton posé au bord de la table pour ne pas perdre une miette de ce que je faisais.

Tout le temps que je fus là-haut, elle ne bougea pas. Je notai que pas une fois elle ne fut tentée de jouer avec le stylo, de le bloquer avec sa patte. Non, elle n'était pas là pour jouer. Ni pour dormir, elle est restée vigilante. Elle était là pour être là, à côté de ce qui se passait là.

Quand je me levai – une première journée d'écriture se passe toujours à rêvasser et à multiplier les allers et retours à la cuisine sous n'importe quel prétexte – elle me suivit. Puis quand je remontai, elle remonta aussi, véritablement collée à mes talons, ses grands yeux interrogatifs levés vers moi, pour se réinstaller immédiatement à sa place sur mes genoux, le menton sur le bord de la table ou sur mon avant-bras. Ce manège se reproduisit plusieurs fois puis tous les jours suivants. Mina ne me quittait plus d'une semelle.

Ma fille, qui avait en vain essayé de séduire la chatte tout un hiver, voyant qu'elle était derrière mes pieds, quoi que je fasse, comme si un fil invisible l'avait attachée à moi, finit par en prendre ombrage : « Regarde-la, c'est grave comme elle te colle ! »

J'avais simplement découvert, par le hasard de la reprise du travail d'écriture, une des jolies qualités de Mina et, à ce point de plongée immédiate dans le rôle, peut-être une vocation : c'était une adorable chatte d'écrivain. Et des plus fidèles, car elle accompagna mon travail des semaines durant. J'avais tout de même réussi à la persuader de s'installer dans le fauteuil jouxtant le mien, et elle négligeait à présent de me suivre à la trace, restant là-haut près du cahier ouvert. Elle allait jusqu'à veiller sur moi pendant mon sommeil, couchée dans le creux de la couette entre mes jambes.

Puis une reprise de souffle au premier tiers du livre et quelques visites estivales d'amis firent que j'arrêtai d'écrire pendant quelques jours.

Et Mina disparut. Totalement. Elle ne vint plus manger ni dormir à la maison pendant deux, puis trois jours.

Je m'inquiétais. Elle était certes un peu sauvage avant qu'elle ne s'attache à moi ainsi, mais jamais elle n'avait fugué une nuit ou un jour entier. Était-elle montée si haut dans un arbre qu'elle ne pouvait plus redescendre ? Avait-elle été attaquée et blessée par un animal dans la forêt ou les prés qui entourent la maison ? Le troisième jour, nous parcourûmes les environs en l'appelant, l'oreille aux aguets pour essayer de déceler un miaulement, même faible et lointain. Rien.

Nous rentrâmes, déçus, et sur le point de nous dire qu'il allait peut-être falloir oublier Mina... Mais nous n'avions pas crié son nom à tous les vents pour rien, car peu de minutes après elle réapparut, timide et la mine un peu chiffonnée, mais en bonne santé.

C'est seulement alors que me vint l'idée de faire le rapprochement entre l'arrêt de mon travail et sa disparition. J'avoue qu'habituée à sa présence comme à une ombre légère à mes côtés, je ne m'étais pas souciée du fait qu'elle aurait pu m'attendre là-haut, inquiète toute une matinée, puis tout un après-midi de voir mon fauteuil rester vide. Cette jolie bête, apprivoisée et mise en confiance depuis si peu de temps par l'écriture, avait-elle ressenti mon absence comme une sorte de trahison soudaine, d'abandon ? S'était-elle alors cachée, déçue, après m'avoir attendue toute une journée en vain ? Pourquoi pas. C'est possible.

Alors j'abrégeai mon repos et remontai dans la chambre voir si mon hypothèse se vérifierait. Je l'appelai. Elle vint, un peu hésitante, refit le tour des objets sur la table, me regarda interrogativement et réintégra son fauteuil. Les jours suivants, j'essayai de l'habituer à une certaine irrégularité de présence pour qu'elle ne se sente plus si brusquement abandonnée, les chats sont si sensibles aux habitudes.. Elle a bien voulu se faire à ce nouveau contrat de confiance et elle n'a plus disparu. Elle est là, près de moi... Qu'est-ce qui l'a attirée si fort près de cette table, près de ce cahier lentement noirci, près de mon silence, de mes mots ?

Certes, les chats aiment nous sentir calmes, pas trop remuants, et le fait de voir un humain rester à la même place longtemps les met en confiance pour s'installer près de celui qui travaille ainsi. Mais cette commodité physique n'est pas tout. Je ne saurais dire ce qui se passe sur ce plan avec d'autres animaux, les chiens notamment, car je les connais mal, mais en ce qui concerne les chats qui partagent ma vie depuis longtemps, différentes observations m'ont portée à croire qu'un chat avec qui on a un rapport intime est « branché » mentalement avec nous, en quelque sorte en phase avec notre cerveau comme avec un émetteur particulier. Je ne vais pas jusqu'à dire, bien sûr, qu'il lit dans nos pensées, ce serait ridicule, mais en tout cas il en perçoit l'activité et en premier lieu le changement de rythme. L'exemple le plus flagrant de cette connexion est la manière dont il perçoit instantanément que l'on est passé du sommeil à l'état de veille, même si l'on reste couché sans bouger, sans faire un bruit, sans même ouvrir les yeux.

Chez moi, il est une loi valable pour tous, adultes, enfants et animaux : on ne réveille pas quelqu'un qui dort. Loi tout à fait nécessaire lorsqu'on travaille au théâtre, par exemple, et qu'on se couche de ce fait fort tard. Les enfants, dès passé l'âge des biberons, et les animaux, dès leur arrivée à la maison, apprennent donc qu'on ne fait pas de bruit le matin, même pour réclamer à manger. Soit on se sert, soit on attend. Les chats attendent donc, patiemment et en silence, que je sois réveillée pour se manifester. Or ils savent infailliblement, même de la pièce à côté, le moment où je reprends conscience. Je n'ai pas encore remué un cil qu'ils arrivent. Et ce n'est pas, comme un ami incrédule me l'a rétorqué, parce que mon sommeil est si profond que je ne les entends pas pendant que je dors – quand par hasard ils ont miaulé ou fait du bruit avant mon réveil, ça ne m'a pas échappé !

Parfois, je jouais à essayer de tromper ma chatte Missoui – pour laquelle j'ai eu envie d'écrire ce livre et dont je n'ai pas encore parlé – en restant absolument immobile dans le lit, prenant garde à ne rien manifester du fait que j'avais repris mes esprits. Un petit miaulement interrogatif, discret, me parvenait. Je restais coite. Alors, méfiante, elle venait plus près constater la réalité de mon sommeil. Elle restait un moment à contempler mon dos, la bosse de la couette. Puis après un nouveau miaulement, cette fois plus dubitatif qu'interrogatif, elle faisait le tour de l'oreiller pour considérer la soi-disant endormie de plus près. Je m'appliquais alors à contrôler ma respiration afin que, lente et profonde, bouche ouverte, elle ressemble tout à fait à celle du sommeil. Elle approchait sa truffe, reniflait la tricheuse et, après une ultime hésitation, éclatait en longs miaulements revendicatifs, un peu râleurs dans le style « Oh ! dis ! On ne me la fait pas, à moi ! », tout à fait certaine que je donnais le change. A ce jeu-là je n'ai jamais gagné avec elle, elle détectait mon réveil de l'autre bout de l'appartement.

De la même mystérieuse manière les chats sont prévenus de mon arrivée même s'ils ne me voient pas, si je ne fais aucun bruit dans l'escalier, avant même de mettre la clé dans la serrure. Je les trouve souvent déjà derrière la porte mais seulement ceux qui ont le rapport le plus intime avec moi.

Quant à leur complicité avec le travail d'écriture, comme je le décrivais précédemment à propos de la sauvage Mina, il y a là quelque chose de tout à fait spécial et de supérieur dans leur entente avec les humains. Je suis pour ma part persuadée qu'il existe un accord subtil entre le chat et une forme de concentration mentale. Cela lui plaît de nous sentir réfléchir, cogiter en silence, il se sent bien dans cette atmosphère. Il doit alors émaner de nous des ondes, une fréquence particulière qu'il capte et dans laquelle il s'épanouit. Car on peut rester en place aussi de longs moments pour des activités où l'exercice de la pensée a peu de part et qui laissent du coup le chat indifférent – il n'est jamais venu partager, agrémenter de sa présence une interminable et fastidieuse séance d'équeutage de haricots verts, par exemple. Très peu pour lui !

Et bien que les chats, chez moi, soient le plus souvent dans mon sillage, lorsque mon ami se met à travailler dans une autre partie de la maison, à écrire lui-même ou à faire du montage de films, ce qui nécessite concentration et réflexion, ils sont avec lui. J'ai beau être femme « à chats », nourricière et leur principal lien affectif, je perds subitement tout intérêt pour eux. C'est lui, c'est l'ambiance qui se dégage de ce qu'il fait qui les attire.

Il me vient à l'esprit, d'ailleurs, que ceci pourrait être en partie à l'origine de la réputation de « sorcier » du chat, de sa prétendue connivence avec l'occulte. Ne lui a-t-on pas attribué à certaines époques, au Moyen Age par exemple, des pouvoirs sataniques, sans doute parce que indéfinissables – comment une bête sans âme pourrait-elle avoir une correspondance mentale avec nous si ce n'était l'œuvre du diable ? Dans le même ordre d'idées, ce pourrait être la raison d'un rejet instinctif de la part de personnes à l'esprit « carré », qui n'aiment pas trop avoir affaire à l'invisible, à des liens trop inexplicables pour pouvoir les codifier. Des gens, aussi, qui ont besoin que chacun ait une place bien définie : nous, humains, du côté rationnel, et les animaux de l'autre. Et que ceux-ci ne se mêlent surtout pas d'entrer dans des zones aussi floues et mystérieuses, aussi sacrées que le domaine de la pensée, grand privilège des hominidés ! Certaines personnes ne s'écartent-elles pas des chats, gênées par leur présence comme par une sorte de menace insaisissable ? « Je ne sais pas pourquoi, ils me mettent mal à l'aise... » ai-je quelquefois entendu. Et si cette faculté des chats de nous « capter » était ressentie par certains comme un danger de viol mental ? Et si cette possibilité de connivence avec notre esprit avait amené certains peuples – à l'opposé du rejet violent mais par un sentiment tout aussi excessif – à vénérer le chat à l'égal d'un dieu ? Mais je me hasarde là à des hypothèses bien hardies...

Pour en revenir à de plus sages considérations, je chanterai simplement ma gratitude pour la sereine et douillette amitié qui accompagne mes heures d'écriture. Cet accord discret et velouté dans le silence m'est une aide précieuse. Il fut un véritable soutien en d'autres périodes, mais de cela je reparlerai...

La petite chatte Mina a choisi d'être ma compagne particulière ces mois-ci, mais voilà que, d'une manière assez comique, comme s'ils voulaient me signifier qu'ils ont compris de quoi je parle dans ces lignes, tous les chats de la maison – j'en ai actuellement trois – se retrouvent devant moi sur la table, ensemble, ce qui est très rare. L'un a pris place à ma gauche et tend son museau vers les pages, les deux autres, assis devant moi, juste derrière le cahier, me regardent gravement. Il fait beau dehors, l'herbe luit sous le soleil mordoré de ce début d'automne, il y a partout des mulots et des insectes délicieux à chasser, de la terre moelleuse sous les pattes, des arbres magnifiques à escalader et pourtant ils sont là. Trois paires d'yeux me fixent...

Aurais-je dit quelque bêtise à leur sujet ?

J'ai un merveilleux souvenir des toutes premières années qui suivirent mes trente ans. Je me suis épanouie dans cet âge comme une plante qui aurait longtemps cherché le terreau qui lui convient, développant des radicelles de surface, hésitant à s'implanter vraiment, pour soudainement lancer de profondes racines, tendre ses branches comme autant de bras pour saisir ce qu'on sent, ce qu'on sait être enfin sa vraie vie. Je me souciais beaucoup moins d'être belle et je l'étais sans doute plus. Le paraître cédait le pas. Venait l'heure d'être, laquelle n'était pas, loin de là, un aboutissement mais le début d'un autre long chemin. Mais on l'ignore encore, on ne peut voir où mène la route, elle vire sans cesse de nouveau projet en nouveau projet, la perspective est immédiate. On va, on fait, on construit, on est poussé de l'avant. Le présent et l'avenir sont une seule et même lumière dans laquelle on marche dans la joie de prendre son essor, la véritable joie, pure, instinctive, celle qui vous porte, qui ne pense pas. Une des grandes bénédictions de ces périodes si vivantes est l'impossibilité de l'analyse et du retour sur soi. La réflexion, qui s'arrête, pèse et juge, est tout à fait interdite de séjour dans ces chauds printemps de la vie. Et c'est tant mieux. J'étais dans ces années-là de plain-pied dans ma véritable jeunesse, infiniment plus jeune qu'à vingt ans. Et c'est dommage, tout de même, qu'aveuglé par cette active jubilation de découvrir et de faire, on ne puisse en même temps considérer ce que l'on vit et l'apprécier, le goûter comme quelque chose de très précieux… Mais on ne peut tout avoir : l'appétit et la sagesse de savourer, l'ivresse de l'allant et le regard sur sa course, la pure allégresse et la conscience. Ce n'est que longtemps après que l'on se dit : « Quelles belles années j'ai vécu là ! Je ne les ai pas senties passer… »

Ce n'est pas pour autant que mon chat de hasard, mon beau Titi, passait au second plan. Je lui rendais bien son amitié. Il était toujours le gardien et le symbole de bien des qualités que j'aurais aimé atteindre. Il avait sa belle place dans ma vie, et sa tendresse, sa douce vigilance m'étaient précieuses. Je l'aimais, tout simplement.

Puis les années passant et la vie de couple étant stable, arriva l'idée de l'enfant. Idée normale, évidente, qui vint en premier à mon compagnon, mais qui, je l'avoue, me remplit tout d'abord d'angoisse. Je ne m'étendrai pas sur les raisons de cette peur, j'oserais dire cette panique qui me clouait sur place à l'idée de donner la vie, mais je compris assez vite qu'avoir perdu brutalement mes parents, et en des circonstances si traumatisantes, avait en quelque sorte rompu une chaîne de vie naturelle que j'avais toutes les peines du monde à envisager de renouer.

Moi, sans mes ascendants – j'avais à ce moment-là perdu aussi, et depuis longtemps, tous mes grands-parents – faire un nouveau maillon du côté rompu de la chaîne ? Cette si belle, si joyeuse idée de l'enfant rappelait, faisait tournoyer en moi les chagrins enfouis, les peurs, les fragilités. Et de plus, j'allais endosser le rôle du mort en faisant un enfant. C'est dur de comprendre cela quand on n'est pas orphelin...

Mais j'avais trente-trois ans, mon compagnon et la nature se firent persuasifs, et l'enfant cessa d'être une idée, cessa d'être une peur pour devenir un beau projet.

C'est à peu près à cette époque que mon chat se mit à boiter. Je constatai qu'il avait une petite boule à la hauteur du coude, à sa patte avant droite. Puis il commença à se plaindre, à gémir. Le vétérinaire consulté, je sus très vite que c'était une tumeur. Un mois après, il ne pouvait déjà plus se servir de sa patte et la douleur devenait incessante. Que faire ? Il se déplaçait déjà sur trois pattes. Le médecin me conseilla de le faire amputer à la hauteur de l'épaule, en me précisant honnêtement qu'il y avait de fortes chances pour que ce cancer reprenne ailleurs. Mais, au moins, il ne souffrirait plus et, sait-on jamais, peut-être aurait-il la chance d'être épargné.

Ainsi fut fait, et je n'hésitai pas trop car il m'était insupportable de le laisser souffrir ainsi.

De son retour de l'opération j'ai un souvenir qui me provoque encore un pincement au cœur. Le jour où il rentra de la clinique, nous devions sortir dans la soirée et je ne m'y résignai, après bien des hésitations, qu'après avoir installé confortablement Titi, la moitié du corps pris dans un pansement, sur un fauteuil douillet. Le vétérinaire avait négligé de me dire qu'il ne fallait en aucun cas mettre un animal opéré sur un lit ou sur un fauteuil mais par terre, pour éviter tout danger de chute. Et je n'avais pas pensé qu'il tenterait de se lever. J'ai encore la vision, quand je suis rentrée, de cette pauvre bête souffrant, étalée au pied du fauteuil, de son regard innocent et douloureux. J'entends encore sa plainte. Personnellement, le regret d'une négligence comme celle-ci peut me faire pleurer des années après.

Mais je dois dire qu'en peu de temps il cicatrisa et le poil repoussa sur son épaule. Il se portait bien et, pour compenser son manque d'appui à droite, il croisait devant lui sa patte gauche quand il était assis, en une pose très élégante. Ses déplacements lents étaient un peu laborieux car il fallait qu'il soulève tout son corps sur les pattes arrière afin de porter plus loin celle de devant, mais lorsqu'il prenait de l'élan, le rythme de la course rendait sa progression aussi rapide, aussi aisée et gracieuse qu'avant. Quelque temps après, il grimpait de nouveau aux arbres et les mulots n'avaient qu'à bien se cacher. Les mois passaient, il était en pleine forme, je ne demandais qu'à oublier cette menace d'une reprise du cancer.

Pendant ce temps, le projet de l'enfant avait, si j'ose dire, du mal à prendre corps. La volonté n'est pas tout, et l'angoisse était sans doute si profonde qu'il ne suffisait pas de la faire taire dans mes pensées pour l'extirper de ma chair. Celle-ci, en retard sur la tête, refusa le projet. Puis, au bout d'un an, elle voulut bien l'accepter et je fus enceinte, cette fois pour de bon.

C'est alors que, prenant Titi dans mes bras, je sentis une petite boule sur sa poitrine. Puis une deuxième, et en très peu de temps une grappe de petites boules agglomérées sous sa peau...

J'avais à peine commencé, avec cet enfant qui grandissait en moi, à évoquer ma propre enfance dont j'avais si peu de souvenirs, d'aucun visage humain en tout cas. La seule évidente douceur que je gardais en mémoire était celle des chats de ma grand-mère qui avaient accompagné mes premières années.

Certaines femmes ont peur des chats dans les chambres d'enfant, près des berceaux. Et il est vrai qu'il faut être vigilant au début car les chats sont souvent attirés par le souffle et vont se coucher contre le visage ou carrément sur la tête de ceux avec qui ils dorment, non par envie de nuire mais pour chercher le contact le plus intime – ou être plus près de « l'émetteur » cérébral ? Quand l'enfant n'a pas encore la force de se dégager si l'animal le gêne ou l'empêche de respirer, ce peut être dangereux, effectivement. Mais comment aurais-je eu peur, moi qui étais née au milieu de treize chats et qui en avais eu, sans doute dès l'âge du biberon, toujours un ou deux dans mon lit ?

Inutile de dire que je ne craignais pas non plus la toxoplasmose, ce virus transmis par eux et redoutable si les femmes l'attrapent lorsqu'elles sont enceintes car il peut causer de graves malformations au bébé. Il y avait beau temps que j'étais immunisée, l'ayant sans doute attrapée très jeune et plutôt dix fois qu'une ! C'est pourquoi je ne saurais trop conseiller aux mères de mettre un chat dans le lit des petites filles, voire dans leur assiette, pour qu'elles contractent la toxoplasmose au plus vite – infection si bénigne que souvent on ne s'en aperçoit même pas – et qu'elles en soient ainsi protégées à vie, sans avoir à fuir les chats, terrorisées par la menace qu'ils représenteront lorsqu'elles seront enceintes.

J'avais donc très envie d'offrir cette tendresse de chat à mon futur bébé, je m'en réjouissais à l'avance. J'aimais Titi, il était doux, intelligent. Il était le témoin de ma mutation vers l'âge adulte. Qu'il soit là pour accueillir cet enfant, ce futur enfant mystère, m'était une douceur rassurante puisque dans cet inconnu qui m'attendait cette complicité enfant-animal était mon seul repère, ma seule mémoire. Quel bonheur ce serait de voir ces deux innocences réunies, celle qui m'avait accompagnée jusque-là et celle qui arrivait...

Cela ne fut pas, car Titi, mon si beau, si bon chat de hasard, mourut quelques mois avant la naissance de mon fils.

Je fus très révoltée par cette dualité mort/vie qui m'ôtait un petit être animal si cher juste au moment où je m'étais décidée à mettre au monde un petit être humain. Quand la mort a déjà beaucoup frappé autour de vous, vous a enlevé beaucoup d'affections primordiales, il est difficile de ne pas ressentir comme une sorte de croc-en-jambe, de punition du sort le fait de perdre un être aimé – même un animal – juste au moment où l'on prend un risque de vie. L'enfant n'est pas encore né que la mort est là, tout de suite, en contrepoint, comme si cette horrible rôdeuse n'attendait que cela pour se manifester de nouveau. Mes angoisses d'avant-conception en furent un temps ravivées, d'obscures terreurs, d'instinctives superstitions se réveillaient. Sans parler de la colère. N'avais-je pas le droit d'avoir ceci ET cela ? Fallait-il toujours perdre avant que de donner ? Sans compter cette vieille morale chrétienne dont nous sommes imprégnés, même malgré nous, envers et contre toutes nos résistances, et qui ranime alors cette notion malsaine et détestable d'avoir à « payer », toujours. Payer un futur bonheur d'un grand chagrin, à l'avance. Pas de crédit. J'avais déjà payé, bon sang, et fort cher, une addition plutôt lourde ! Ça ne suffisait donc pas ?

Mais ma révolte et ma stupéfaction que cette mort soit arrivée précisément à ce moment-là s'effacèrent, bien sûr, devant la vie qui grandissait en moi. La colère s'éteignit, les sourdes angoisses se calmèrent, la vie qui pousse est si forte ! Et c'est très bien ainsi.

Restait le chagrin, le pur chagrin, le regret, la douleur. Elle me terrassa littéralement.

Dans les derniers jours de la vie de Titi, je m'écroulai dans une affliction tétanisante. Je voyais bien qu'il fallait l'aider à mourir car il souffrait et avait choisi lui-même de ne plus se nourrir. Mais la seule pensée de le porter chez le vétérinaire, de le prendre dans mes bras pour ses derniers instants, d'éprouver, à vif, le sentiment du « jamais plus » et le voir inerte et absent ensuite, me jetait dans des crises de sanglots incoercibles. Mes jambes, au sens propre, réellement, se dérobaient sous moi. Un tourbillon de souffrance brute m'aveuglait.

Et le jour arriva où il fallut s'y résoudre, sauter le pas. Je fis une tentative, le mis dans son panier, m'enjoignant à moi-même d'avoir le courage d'accomplir cela pour lui, pour le soulager. Je n'atteignis même pas l'escalier, pliée en deux et dégoulinante. Je reconnus, je fus bien obligée de reconnaître, hébétée, que j'en étais incapable. Je ne pouvais pas faire le chemin qui m'amènerait à le voir mort...

Mon compagnon me voyant dans cet état, avec l'inquiétude et le silence des gens qui se rendent compte qu'ils ont affaire à une réaction excessive et hors norme, prit gentiment Titi, l'emmena, et se chargea d'aller l'aider à mourir. Je restai sur place, assise par terre, incapable d'un geste, hoquetante, suivant la chose en pensée jusqu'à son retour.

Il ne pouvait comprendre ce qui m'arrivait, et moi-même je ne l'ai compris que bien plus tard. La personne qui gisait là, paralysée par la douleur et incapable de se dominer, ce n'était pas la femme enceinte qui n'aurait pas dû se mettre dans un état pareil, ce n'était pas la comédienne au tempérament solide et équilibré que j'étais en train de devenir, ce n'était pas une adulte de trente-trois ans, c'était une petite fille de huit ans et demi, celle qui avait VU MORTS son père et sa mère, inertes par terre devant elle, et qui s'était débrouillée jusque-là pour ne plus JAMAIS se trouver physiquement confrontée à la mort. J'avais réussi à déconnecter tous les circuits affectifs qui m'auraient mise en danger d'éprouver une nouvelle perte. La terreur d'avoir à affronter une souffrance qui serait inévitablement un rappel de l'horreur que j'avais vécue ce matin-là m'avait amenée, par exemple, à prendre une grande distance avec tous les gens de ma proche famille. Le fait de m'éloigner de mon pays natal, la Normandie, pour venir travailler à Paris, m'y avait aidée, bien sûr. Je ne voyais plus jamais ni mon grand-père, ni mes deux grand-mères, ni ma marraine, ni oncles, ni tantes, ni cousins. Ce n'est pas loin pourtant, la Normandie... Mais le métier que j'avais choisi était si prenant ! On trouve toujours une raison pour échapper aux réunions familiales, aux visites, aux cérémonies, surtout lorsqu'on a un caractère doué d'un extraordinaire sens de l'autodéfense. En somme, j'étais parvenue à faire de toutes ces personnes proches une famille théorique, très lointaine, dont la réalité s'estompait avant même leur disparition. Comme une grand-mère, qui a pourtant si fort compté dans la petite enfance, peut se décolorer dans le souvenir, devenir transparente et irréelle quand on ne la voit pas pendant dix ans ! De plus, j'avais clamé haut et fort et je m'étais jure qu'après avoir subi les obsèques de mes parents, que j'avais suivies de bout en bout dans un état de catalepsie au-delà de la douleur, je n'assisterais plus jamais à un enterrement de ma vie. J'avais tenu parole, bien sûr.

C'est ainsi que j'échappai à la mort de mon dernier

grand-père, puis à celle de ma grand-mère paternelle, à celle de ma marraine, aussi. Je n'appris que des mois plus tard celle de ma grand-mère « qui dormait avec les poules », et les années où ces proches parents disparurent, les circonstances de leur mort et les cimetières où ils sont inhumés me sont inconnus. J'accueillais la nouvelle, quand elle me parvenait, avec une sorte de chagrin froid, désabusé. Un moment à vide me saisissait. Puis je passais très vite à autre chose, sans doute au fond dégoûtée moi-même de l'insensibilité à laquelle j'étais parvenue. L'idée d'aller là-bas ne me traversait même pas l'esprit, ils étaient déjà si loin, si abstraits, et depuis si longtemps. C'est à peine si leur mort me semblait réelle. C'était seulement un mot, une idée. Je n'étais pas touchée. J'avais réussi – quel remarquable exploit de désensibilisation ! – à la rendre absolument intangible. Oui, on peut arriver à des choses comme cela, jusqu'à atteindre une véritable infirmité émotionnelle, quand on s'est bloqué sur sa douleur et qu'on n'a pas fait un seul pas vers un deuil nécessaire.

Mais on a beau être devenu terriblement habile dans la fuite, et prudent, on ne peut pas tout prévoir, tout éviter. La souffrance était venue par les humains, je ne me méfiais que d'eux... Comment aurais-je pu deviner que cette petite bête, dont je disais qu'elle avait la première marché sur mon cœur avec des pattes de velours, me mettrait ainsi au pied du mur, me plongerait d'un coup, en mourant, au cœur de mon angoisse, de tout ce que je voulais ignorer depuis si longtemps ?

La mort d'un animal familier est terrible. On est souvent physiquement plus intime avec lui qu'avec bien d'autres personnes. On le nourrit chaque jour, on le caresse, on le soigne, et il s'en remet alors à vous avec des yeux d'enfant, il est contre vous, dans votre lit souvent, souffle contre souffle, en promenade, sur votre table de travail, dans la salle de bains. Personnellement, je n'ai jamais eu une telle proximité avec aucune personne aimée de ma famille. Le manque physique, lorsqu'il disparaît, est donc terriblement présent, immédiat. On ne peut rien théoriser, rien tenir à distance.

C'est aussi, le plus souvent, une affection très exclusivement personnelle. Il n'est donc pas de groupe familial pour faire écran, ou vous soutenir, pas de rite social, de cérémonie pour transcender la chose, pas de linceul protecteur pour cacher le cadavre, pas de cercueil, pas de croque-morts pour vous épargner d'avoir à saisir un corps inerte et bientôt raide. Et que dire d'avoir à décider le moment de l'euthanasier, et le faire trépasser alors que son regard innocent, résigné, s'en remet à vous pour cela aussi. Il n'y a que vous. seul, et la mort brute dans sa réalité la plus crue, à voir, à toucher de vos mains, à assumer jusqu'au bout. Si on peut...

Mon compagnon revint avec le panier vide et m'apprit que Titi était mort doucement, très vite, et que le vétérinaire l'enterrerait à la campagne, près de chez lui, avec les corps d'autres animaux qu'il avait euthanasiés et dont les gens ne savaient que faire ensuite. C'est tout, on n'en parla plus. J'étais écrasée par mon impuissance. Je ne sais pas exactement où il est enterré. Je le regrette.

Je pleurai sans discontinuer pendant trois jours, puis par bouffées les semaines suivantes, et le chagrin s'atténua progressivement, normalement. Mon bébé grandissait en moi, j'étais heureuse de donner bientôt la vie. Titi et mon enfant ne se rencontreraient pas. Tant pis, c'était ainsi. Restait le souvenir de cette belle et bonne bête et de son amitié.

Mais à part le souvenir de ce qu'il avait été, ce chat me laissait quelque chose de plus important, quelque chose de crucial, ancré en moi. J'avais été frappée par ma propre attitude face à sa mort. Je gardais, bien vivace, cette sensation d'hébétude impuissante, cette paralysie qui m'avait saisie, l'impression de ne pas pouvoir faire un pas sans tomber dans un vide effrayant. Et ce tourbillon de douleur dans la tête, aveuglant, coupant toute pensée. Je suis certaine que si je m'étais forcée à sortir dans le but de me rendre moi-même chez le vétérinaire, je serais tombée sur le trottoir, n'importe où, incapable de me dominer. J'avais senti, je savais que ce qui m'avait saisie était incontrôlable, comme une tempête subite. Rien ne m'avait laissé prévoir une chose si violente, je n'avais rien vu venir.

J'avais compris que ma si belle force, mon équilibre reposaient sur un vide effrayant et que je pourrais peut-être, si je n'y prenais attention, y glisser un jour comme en une chausse-trappe et m'y trouver emportée, pour d'autres raisons, avec la même impuissance. On ne peut pas vivre éternellement en funambule.

Mais il n'était pas l'heure, au moment de devenir mère, de plonger dans ces hasardeuses contrées, d'aller fouiller en moi, dans le sombre inconnu de tout ce que j'avais refoulé, pour y découvrir je ne savais encore quel monstre de souffrance enfouie.

Pour le moment, les mois, les années à venir, j'allais être forte et heureuse, découvrir mon enfant, affermir ma joie de vivre. Mais j'avais touché le danger. Je sus, dès ces moments, qu'un dur travail m'attendait, qu'il faudrait que je plonge derrière ce voile noir en moi pour m'attaquer à l'inconnu, au vide, à la mort. Un jour Un jour...

Voilà ce que m'offrit Titi, premier chat de hasard, en disparaissant.

Ce n'était pas un mince cadeau.

Je n'avais plus de chat et je ne songeais pas à en reprendre un.

D'abord, j'étais absorbée par mon nouveau rôle de mère et, conjointement à ce bonheur, la douleur ressentie à la mort de Titi restait très vivace. Le souvenir de ce qu'il avait été aussi, que je chérissais, et qui, je le pensais, m'interdirait d'aimer librement un nouvel animal. Du moins pas avant un certain temps.

Je me souviens que quelques personnes me conseillèrent d'adopter immédiatement un autre chat, ou d'en acheter un, et que je repoussai l'idée comme quelque chose de tout à fait incongru. La plus mauvaise raison que j'entendis fut que ce serait pour « me consoler ». J'en fus choquée. J'avais perdu un ami, une personne animale très particulière, qui m'avait elle-même choisie, il n'était pas question de la remplacer arbitrairement suivant cette mentalité du « clou qui chasse l'autre » que pratiquent beaucoup de gens, même dans leurs échanges sentimentaux, et que je jugeais brutale et vulgaire. C'était pour moi impensable. Si j'avais perdu un ami humain très cher, aurais-je demandé à tous les voisins du quartier s'ils n'en avaient pas à adopter ? Aurais-je été dans un magasin pour en acheter un ? Aurais-je sauté sur le premier venu pour compenser sa perte ? Ridicule. Nous ne parlions pas de la même chose !

Non, nous ne parlions pas de la même chose. D'autant que ces gens ne pouvaient pas savoir – et moi non plus alors – que, n'ayant pas fait le deuil des morts de mon enfance, s'il était un seul mot que je ne pouvais pas entendre c'était « consoler ». Tout mon être le refusait encore.

Et puis j'avais, en même temps que cette conviction qu'on ne remplace pas une amitié par une autre, un sens aigu du sacré des rencontres, un respect, peut-être exagéré à l'époque, des signes, des hasards qui mettaient sur mon chemin certains êtres ou qui me menaient à vivre certains événements plutôt que d'autres. Tout devait m'être envoyé par une sorte de destin ou n'être pas. Quand rien ne m'était signalé, qu'aucune évidence incontournable ne s'imposait à moi, je restais coite, me risquant rarement au libre arbitre.

Je pense à présent que, derrière ce qui pourrait paraître une orgueilleuse exigence, se cachait une grande faiblesse et une terrible incertitude d'enfant lâchée trop tôt par ses protecteurs. J'attendais toujours qu'on me conduise, qu'on me dicte ce qui serait bon pour moi, que quelque ange gardien me montre ce que j'avais à vivre, d'une manière ou d'une autre, et je n'étais rassurée que lorsqu'il m'avait semblé reconnaître une sorte de luminosité. J'allais alors en toute confiance, sans hésiter, sans plus craindre de me tromper. Et qui peut affirmer que mon père et ma mère, de là où ils étaient, ne m'ont pas réellement menée, n'ont pas posé devant moi comme des cailloux blancs, signes, évidences, projets, amis bienveillants et, pourquoi pas, quelques chats dits « de hasard » ? Il est doux, sans jamais pouvoir être sûre de rien, d'y songer parfois…

Les jours, les mois passaient. Un an, mon fils marchait. Aucune patte de velours ne s'était posée sur sa joue d'enfant.

Encore un an et il parlait. Quelques mois de plus et il discourait. Sa petite main qui découvrait le monde expérimentait l'usage des choses, ignorait la douceur d'un pelage d'animal. Nous n'avions toujours pas de chat et je n'y pensais presque plus – tant d'autres choses à faire, à vivre !

Puis un deuxième enfant s'annonça. J'en fus très heureuse. Moi qui avais été privée de la présence de ma petite sœur étant jeune, je ne voulais pas que mon fils reste un enfant solitaire. Frère ou sœur, peu importait. Mais tout de même, quand quelques mois plus tard j'appris que ce serait une fille, un petit chant très doux s'éleva dans mon cœur. Une petite fille, comme moi… Qui allait immanquablement rappeler ma propre enfance. Mais je sentais que tout était bien ainsi. Elle naîtrait au beau milieu de l'été.

Je passais le plus de temps possible à la campagne et, à mon huitième mois de grossesse, je traînais toujours dans les fleurs et sur l'herbe un ventre énorme, un ventre quasi extravagant qui avait donné le fou rire à une femme elle-même enceinte qui n'aurait pu imaginer qu'une pareille ampleur pût exister !

Le 14 juillet de cette année-là, il faisait un temps radieux. Quelques personnes de la famille avec un enfant de l'âge de mon fils nous tenant compagnie, nous projetâmes d'aller pique-niquer au bord d'un petit ruisseau qui traversait un pré ombragé d'arbres. Un de ces ruisseaux creusois si petit qu'il méritait à peine le pont qui soutenait la route et enjambait le pré pour le laisser passer.

Il y avait ce jour-là un soleil brillant et doux à la fois qui, peignant les feuilles, les reflets de l'eau, d'or, d'argent et de mille nuances, donnait l'impression d'être dans un vivant tableau de Monet. Les odeurs chaudes en plus, et la fraîcheur de l'herbe moelleuse, et le bruissement léger de toutes les bêtes ailées. Une journée à vous donner envie d'arrêter le temps.

Arrivés sur place, les enfants, voyant du bord de la route le ruisseau courir dans l'herbe, s'enfoncer sous les arbres, frais et délicieux, serpentant entre les roches plates posées çà et là sur son bord, s'étaient élancés, impatients, dévalant la pente abrupte qui menait au pré sur le côté du pont.

Encombrée de ma protubérance abdominale – et ayant fermement en tête la flopée de recommandations de mon obstétricien inquiet de me savoir si loin de la clinique parisienne où je devais accoucher – j'assurai les adultes que j'allais emprunter une descente plus facile un peu plus loin et les pressai de rejoindre au plus vite les enfants, par prudence, bien que l'eau ne soit jamais plus profonde qu'une main dans ce ruisseau.

Tout en progressant lentement sur le talus, m'accrochant aux herbes et aux branches, je les entendais rire et s'éclabousser déjà un peu plus loin. Arrivée en bas, dans le pré, je soufflai sagement un instant, assise dans l'herbe. J'allais me remettre en marche quand je crus entendre un léger, un frêle miaulement. Je restai un moment immobile. Rien. Puis au moment où j'allais repartir, cela reprit, très faiblement. Une plainte à peine audible qui provenait de la haie qui bordait le pré, une dizaine de mètres plus loin.

Je m'approchai et, pour la première fois depuis trois ans, je me risquai à « parler chat ». Je miaulai et déclenchai en retour une série de plaintes beaucoup plus fortes et précises, mais je ne pouvais m'avancer plus ni rien voir car ces haies bocagères, quand elles ne sont pas entretenues, deviennent des ronciers inextricables de plusieurs mètres de large. Et les miaulements désespérés n'en finissaient pas Sentant quelqu'un à l'écoute, on criait carrément « au secours » là-dessous.

Puis enfin, après un bon moment, une petite tête apparut. Mais j'eus à peine le temps d'entrevoir une minuscule chose noiraude qu'elle disparut de nouveau, terrorisée. J'attendis un bon moment, je tentai d'apaiser sa frayeur par la voix. La petite chose réapparut un instant et se sauva de nouveau dès qu'elle me vit bouger un doigt. Et, de l'intérieur du fourré, les plaintes faibles et déchirantes continuaient.

Je peux avoir toutes les patiences en ces circonstances mais tout de même, au bout de quatre ou cinq apparitions suivies d'une fuite immédiate, je me lassai et me remis en route pour rejoindre les autres qui avaient descendu le cours de la rivière. J'entendais les enfants rire et crier joyeusement plus loin... Tant pis. Je m'éloignai, marchant à l'ombre, le long de la haie. Les miaulements avaient cessé instantanément dès que je m'étais mise en marche. J'avais fait une dizaine de pas quand j'entendis un bruissement, de faibles craquements provenant du roncier. Je m'arrêtai, cela s'arrêta. Je repartis, cela recommença. Un froissement là-dessous qui progressait en même temps que moi. Puis un miaulement minuscule me prouva que la petite bête me suivait, frayant son chemin sans doute difficilement mais obstinément à travers les ronces.

La petite chose fit ainsi une cinquantaine de mètres, toute la longueur de la haie, à ma suite. J'avais ralenti ma marche pour ne pas trop la devancer, mais arriva la fin de la haie et, le ruisseau bifurquant en coude un peu plus loin de l'autre côté du pré, je devais m'en éloigner pour rejoindre mes amis et mon fils. Après une dernière et vaine tentative pour apaiser sa peur et l'attirer hors du fourré, je laissais là « la chose », sachant déjà que je reviendrais tout à l'heure, et certaine que je la retrouverais au même endroit. Elle m avait suivie, son miaulement était un véritable appel même si elle ne se montrait pas. J'étais touchée et conquise sans l'avoir vraiment vue...

Un peu plus tard, tout le monde ayant gaiement déjeuné sur l'herbe, les adultes somnolaient sous un arbre, les enfants collectionnaient les cailloux, gazouillant au bord d'une flaque. Je prévins que j'allais un peu plus loin et laissai derrière moi cette oisiveté chantante et tranquille pour traverser le pré et retourner au bout de la haie.

Un petit miaulement m'accueillit... Je m'assis commodément sur une pierre qui se trouvait là car je savais que j'attendrais un bon moment, immobile. La petite bête continuait à appeler, je répondais par intervalle, mais elle n'osait toujours pas se montrer. Cela prit, sans mentir, une bonne heure. Puis elle apparut, très doucement. Je ne bougeai pas, bien sûr. Après une sortie timide, elle s'enfuit de nouveau, puis elle s'avança un peu plus près et retourna se cacher. Je n'ai pas remué un doigt jusqu'à ce qu'elle soit à mes pieds.

C'était un tout petit chat noir, d'une maigreur effrayante. Il avait dû être attaqué par un renard ou un chien car un croc lui avait percé l'oreille et du sang avait collé ses poils sur le côté de sa tête. Cette petite bête était vraiment pitoyable, tenant à peine sur ses pattes, pas très agréable à regarder avec son poil miteux et sa maigreur. Elle n'était que peur et faiblesse.

Je laissai doucement tomber ma main jusqu'à terre. Cela déclencha une nouvelle crise de panique mais elle fut de courte durée. Elle revint vite vers cette main, monta presque dans ma paume avec des miaulements suppliants et je n'eus qu'à la glisser sous son ventre, sans qu'elle résiste, pour l'amener dans mes bras.

Là, elle fit quelque chose d'incroyable. Ce fut si rapide et précis, et surprenant, que je me souviens encore du petit choc que j'ai éprouvé. Arrivé à la hauteur de ma poitrine, le petit chat se jeta littéralement contre moi, s'y plaqua de tout son long, et avec une sorte de frénésie rampa jusqu'à atteindre le creux de mon coude, y enfouit presque entièrement la tête, et ainsi aplati, collé contre moi, il ne bougea plus, du tout. Ce fut si soudain, si péremptoire, que son mouvement m'avait totalement surprise, et ma surprise augmenta encore en voyant qu'une complète immobilité pouvait suivre immédiatement une si grande terreur.

Quand je me levai, il s'enfouit un peu plus profondément sous mon bras, rampant jusqu'à mon aisselle, et je pensai que sa chaleur devait lui rappeler le ventre moelleux de sa mère, dont on l'avait peut-être arraché pour le jeter dans la rivière.

Je rejoignis mes amis, mon fils, et leur montrai ma découverte. La petite chose, malgré les voix et le mouvement autour d'elle, ne décolla pas une seconde de dessous mon bras, le corps toujours aplati contre moi. Elle resta ainsi tout le temps du rangement des affaires, puis du retour vers le pont. J'acceptai qu'on m'aide à remonter le talus, car crapahuter avec un ventre énorme et l'aide d'un seul bras, l'autre maintenant une petite bête le nez planté sous votre aisselle, n'est pas chose aisée. Elle ne bougea pas davantage quand j'embarquai dans la voiture, et le claquement des portières la fit à peine sursauter. Comme seule réaction, elle s'aplatit encore un peu plus contre moi. Nous en rîmes car c'était vraiment drôle et surprenant. Je riais aussi, mais en même temps j'étais émue car je sentais comme cette petite bête se faisait lourde sur moi, elle qui ne pesait presque rien, par peur sans doute qu'on ne l'arrache à cette sécurité toute neuve, comment, par d'infimes pressions, elle appuyait son nez, son petit mufle, sur ma peau. Je sentais son émotion d'être là, à l'abri. Et moi, très confusément, je comprenais que j'avais attendu quelque chose comme ça depuis trois ans.

Arrivés à la maison, je la nourris, lui donnai de l'eau, nettoyai les traces de sang qui collaient son poil. A part l'oreille, pas d'autre blessure. Elle dévorait tout ce qu'on lui donnait et je freinai un peu son avidité pour qu'elle ne se rende pas malade. Puis elle s'en fut visiter la cuisine, les autres pièces, revenant à son repas de temps en temps. Et ce fut une nouvelle surprise : elle n'avait plus peur. De rien. Elle arpentait cette maison comme si, instantanément, elle était chez elle. Elle se permit même, une heure à peine après son arrivée, de réclamer devant son assiette vide comme si c'était son dû, elle qui, quelques instants auparavant, mourait de faim et de frayeur au creux d'un fourré. Quelle drôle de petite bête !

Le vétérinaire consulté quelques jours plus tard m'apprit que c'était une chatte de deux ou trois mois environ et qu'elle aurait probablement des problèmes de santé car elle avait été sans doute sevrée trop tôt et avait mangé n'importe quoi pour survivre. Qu'importe ! J'avais perdu un chat avant la naissance de mon fils, la vie en mettait un autre sur mon chemin juste avant la naissance de ma fille. C'était bien, joyeux. Je venais de rencontrer mon deuxième chat de hasard.

Je me souvins d'un nom qu'on donnait souvent aux chattes de ma famille, il y a très longtemps, vague réminiscence du monde de mon enfance. Juste un nom qui resurgit au milieu du vide de mes souvenirs...

C'est ainsi que je l'appelai Missoui.

A peine ma jolie petite fille était-elle née, tout le monde rapatrié à Paris, y compris Missoui, que celle-ci commença à donner raison aux sombres augures du vétérinaire à propos de sa santé. En deux mois, tout, absolument tout ce qu'un chat peut avoir comme maladies ou embêtements divers lui fondit dessus – je devrais dire NOUS fondit dessus…

Cela commença par le typhus – dont elle réchappa par miracle – puis un eczéma galopant lui fit perdre la moitié de ses poils de la queue jusqu'aux reins – très joli – une gale obstinée lui mangea les oreilles – ou du moins ce qui restait de l'une d'entre elles – tous les parasites digestifs qui peuvent exister chez le chat s'étaient donné rendez-vous dans son abdomen – provoquant vomissements, diarrhées à répétition sur la moquette – et, en plus de tout cela, comme la cerise sur le gâteau, lui sortit une protubérance sur le mufle, sorte de kyste infectieux au niveau des moustaches, qu'il fallut opérer. Ce chat était un véritable catalogue des maladies félines. Le coryza, mal incurable si l'animal n'a pas été vacciné à temps – elle ne l'avait pas été – nous laissa un peu de répit, comme un additif au catalogue, comme le bouquet final qui tarde au feu d'artifice, pour ne se déclencher qu'un peu plus tard..

Mon métier de comédienne comporte parfois des contraintes un peu rudes. Deux mois après la naissance de ma fille – qui elle, Dieu merci, se portait comme un charme! – je dus partir pour une tournée théâtrale de trois mois. Si l'on peut se débrouiller pour qu'un bébé ne manque ni de soins ni d'affection pendant une longue absence de sa mère avec retours très épisodiques, il est plus difficile d'obtenir qu'on prenne en charge en plus un chat qui a besoin à lui seul d'une valise de médicaments, sans compter le temps des soins, pilules à donner, applications de pommade et injections réparties tout au long de la journée.

Deux ou trois personnes me suggérèrent froidement de la faire piquer avant mon départ. Inutile de dire que j'en fus choquée, et plus peut-être par le naturel et la gentillesse qui accompagnaient ce bon conseil. Je répliquai, aussi calmement, que je n'avais pas sauvé un animal pour le zigouiller tout à trac, l'éliminer comme un truc qui gêne parce que j'allais m'absenter, même s'il causait beaucoup de tracas. Soit on sauve, soit on tue, il faut choisir. Quand on a commencé à sauver – donc à aimer – il est impossible de passer dans le camp des assassins.

Missoui vivait donc, et tenait à vivre car elle se laissait soigner avec une bonne volonté rare. Tout en subissant des choses pas toujours agréables, elle posait sur moi un regard doux et interrogatif – « Faut-il vraiment? » Je l'assurais que oui et elle se laissait faire docilement

La seule solution avant mon départ fut donc d'opter pour un long séjour en clinique vétérinaire, où on la remettrait en forme, la bichonnerait depuis le nez jusqu'au bout de la queue, sans oublier les entrailles et tous les orifices, pour me rendre un chat dans un état normal.

A mon retour, je récupérai effectivement un animal tout à fait potable, quasiment adulte les mois ayant passé, le poil brillant, et qui gardait comme seule séquelle de ses problèmes d'adolescence une pelade irréversible sur les fesses. Jamais un poil n'a repoussé à cet endroit et elles sont restées nues jusqu'à la fin de ses jours Vu de dos, c'était un peu gênant, mais assise elle était très belle. D'ailleurs, la croupe d'un chat, même pourvue de fourrure, n'est pas la chose la plus gracieuse, ni la plus majestueuse qu'ait agencée la nature. La ligne entre les reins et la queue n'est pas franche, elle se rétrécit d'une façon hésitante et étriquée. L'arrière-train félin est à la fois étroit et plat, le dos de la cuisse plutôt mou, et se tortille en marchant de manière un peu veule. Évidemment, sans poils, c'est pire...

Mais Missoui avait d'autres qualités esthétiques qui compensaient ce défaut : un beau port de tête au-dessus d'un fier jabot blanc sur pelage noir, et un admirable cambré de reins qui aurait fait d'elle la reine des chats chez les Égyptiens.

Nous nous retrouvâmes donc, elle et moi, émues, et nous rentrâmes ensemble à la maison. Non sans que j'eus réglé l'addition de sa remise en forme... Addition d'un montant tel que je ne me serais pas risquée à l'avouer à n importe qui sous peine de passer pour folle. Cette chatte on ne peut plus ordinaire me coûtait beaucoup, beaucoup, beaucoup plus cher qu'un – et même plusieurs – pur race des plus rares au pedigree royal ! Mais qu'importe, c'était ma « chatte de hasard », autant dire une chatte sacrée.

Et commença la vie en compagnie de Missoui.

Rien n'est plus ennuyeux, je le sais, que la description méticuleuse et attendrie d'un animal pour des gens qui ne l'ont pas connu. Je vais tenter d'éviter cela, mais je ne peux m'empêcher de dire deux ou trois choses sur elle. Cela me ferait peine de ne pas parler de ce qu'elle était, elle qui m'a tant apporté.

D'abord, elle fut à l'égard des enfants exactement ce dont j'avais rêvé. Intelligente, attentive, douce et patiente, elle était l'équivalent – en version chat – du personnage de la chienne-nounou Nana dans *Peter Pan*. Elle savait tout d'instinct : qu'il ne faut pas sortir les griffes sur la peau, et même à travers les vêtements, qu'il ne faut pas marcher dans le Mitosyl, qu'il faut tout supporter des bébés sans rechigner et ne pas dormir sur leur tête.

Je crus rêver en voyant certaines scènes avec mes enfants, quand ils furent plus grands. J'avais un très vague souvenir d'avoir eu un chat, lorsque j'étais moi-même petite, que je pouvais déguiser, par exemple. Et je vis Missoui se laisser affubler d'une robe de poupée, puis d'un manteau par-dessus, les pattes avant passées dans les manches restant raides à angle droit – un manteau de poupée à manches montées étant incompatible avec la morphologie d'un chat – le tout boutonné du bas jusqu'en haut, le col bien serré autour du cou, avec par-dessus le marché un bonnet qui lui aplatissait les oreilles. Je revois encore son regard si doux et résigné sous le bord en tricot du bonnet, au ras de ses sourcils – « Tu vois ce qu'il me fait ? ».

Supporter cela stoïquement, pour un chat, c'est déjà beaucoup. Mais la chose eût été presque ordinaire si elle s'était arrêtée là... Mon fils, ensuite, l'asseyait dans une petite poussette-canne pour poupée appartenant à sa sœur – donc tout à fait de la taille d'un chat – et il se lançait à fond de train dans l'appartement, passant au ras des tables, exécutant un virage sur l'aile au fond du salon, puis un slalom entre les chaises, avant d'atteindre la vitesse maximum dans la ligne droite du couloir, tout en faisant avec sa bouche le bruit des voitures de course. Hors de ma vue, près de la porte d'entrée, tout au fond, il imitait le son d'un freinage en catastrophe et, « rrr-rouuiiin ! », c'était reparti à tout berzingue pour un nouveau slalom dans le salon.

Avant de voir réapparaître la course folle, je supposais toujours que la chatte avait sauté en marche, empêtrée dans ses oripeaux, vers le calme d'une chambre, au milieu du corridor. Pas du tout. L'ensemble de l'équipage réapparaissait, y compris la chatte bringuebalée, toujours assise tant bien que mal avec son bonnet sur la tête et les pattes raides façon portemanteau dans les manches, et son beau regard me prenait à témoin au passage, ou au beau milieu d'un virage où elle manquait verser. Elle tournait un peu la tête vers moi, gênée par son col trop serré, l'air de dire encore : « Tu vois, hein ?... Tu vois ce qu'il me fait ? » Mais je laissais faire, car on voyait très bien qu'elle était heureuse.

J'ai déjà mentionné au début de ce livre les incroyables scènes de bataille imaginaires de mon fils, où la chatte était tour à tour ennemi, compagnon de combat, barricade à franchir. Il sautait à pieds joints au-dessus d'elle, retombait de tout son poids à dix centimètres de son corps en faisant vibrer tout l'étage. Je tremblais qu'un jour il ne lui écrase une patte. Elle, ne frémissait pas d'un poil et le regardait faire, le nez en l'air, tranquille et ravie. A vrai dire, une telle confiance était au-delà de la normale. Mais beaucoup d'autres détails de son comportement m'ont fait penser cela à propos d'elle. Et, la crise de guerre terminée, s'ensuivait un gros câlin à deux où Missoui, la truffe contre son nez, lui apprenait la douceur et l'intimité. Missoui fut en quelque sorte la première petite amoureuse de mon fils, et j'aimerais bien qu'il soit aussi tendre et délicat avec les femmes qu'il aimera...

Dans mes souvenirs en vrac, une petite scène me revient, qui nous avait beaucoup frappées, ma fille et moi

Elle avait environ sept ou huit ans et était en proie un soir à l'un de ces chagrins d'enfant accompagné de sanglots déchirants, et dont on oublie la futile raison à peine quelques jours après. Elle pleurait depuis un bon moment déjà, faisant beaucoup de bruit, réfugiée dans l'angle d'un grand canapé. La chatte, couchée sur un fauteuil un peu plus loin, de l'autre côté d'une table basse, était aux aguets. Je dus dire un mot ou réitérer un refus qui déclencha chez ma fille un sanglot particulièrement fort et désespéré. La chatte ne fit qu'un bond et se précipita sur elle. Comme un éclair, elle sauta la table, parcourut toute la longueur du canapé sur le bord du dossier, avec la soudaineté et la violence d'une attaque... pour se blottir dans son cou, la tête enfouie sous son oreille. Le tout fut si rapide, deux secondes à peine, que je n'eus pas le temps de réagir, mais j'avoue avoir eu très peur que cette fulgurance ne soit agressive pour on ne sait quelle animale raison. Et aussi soudainement qu'elle avait bondi, elle restait là, blottie.

Ma fille, complètement surprise par ce qui venait d'arriver, restait figée, tout sanglot suspendu, bouche ouverte, n'osant bouger avec la chatte immobile sur son épaule, son mufle appuyé sur son cou. Au bout d'un moment, toujours sans oser remuer, elle balbutia, la voix mouillée de larmes : « Tu as vu ?... Tu as vu ce qu'elle a fait ? »

J'étais aussi stupéfaite qu'elle. Je cherchais une explication. Le son particulier des pleurs enfantins avait-il rappelé quelque chose à la chatte et provoqué cette réaction ? Mais quel sens cela aurait-il pu avoir pour elle pour qu'une telle fulgurance soit suivie d'une douceur, d'une intimité si immédiates ? Et elle restait là, dans son cou, s'y enfouissait.

Au bout d'un moment, ma fille la serra contre elle. Ni elle ni moi n'osions vraiment nous rendre à l'évidence : Missoui avait sans doute bondi pour la consoler. A vrai dire, nous nous posons encore la question : est-ce possible ? En tout cas, de chagrin il ne fut plus question et nous en avons instantanément oublié la raison. Mais nous parlons encore de ce merveilleux et surprenant moment vécu grâce à Missoui.

Pour le reste, elle était au centre, je devrais dire au beau milieu de notre vie. Car Missoui s'intéressait passionnément aux activités des humains. Quoi qu'on fasse, elle était là, elle regardait. Et son regard était si présent, si mobile et intelligent, son intérêt avait une telle constance que pour un peu on lui aurait demandé son avis.

Cette qualité de regard n'est pas coutumière chez les chats, peu s'en faut, ou alors par intermittence et en tout cas rarement avec cette intensité qui fait que l'on reçoit un « vrai » regard. Je n'ai connu cela qu'avec mes deux chats de hasard… Hasard ?

Mis à part sa capacité d'attention soutenue, sa curiosité réelle envers nous, cette impression d'un regard presque humain venait aussi de la forme de son œil. Il n'était pas complètement rond, comme les ont certains chats qui prennent des airs de lémuriens dans la surprise, ni exagérément en amande et fendus à la manière orientale, ce qui les rend aussi éloignés l'un et l'autre de nos propres expressions. Le dessous de l'œil de Missoui était normalement rond, mais le bord supérieur était plutôt plat, à l'horizontale, et cachait ainsi la moitié de l'iris. Adoucis comme par une sorte de paupière, ses yeux étaient donc assez semblables aux nôtres.

Quand plusieurs choses se passaient simultanément dans la maison, elle ne savait plus où donner de la tête. Elle voulait être partout, à la cuisine, à accueillir les visiteurs, sur le bureau des enfants pour leurs devoirs… La plupart des animaux familiers, tout en ayant des relations intimes avec leur maître, se contentent parfaitement de leur place de chien ou de chat. Missoui, non. Ce qu'on faisait, nous, ce que nous avions, nous, était toujours mieux. C'est ça qu'elle voulait et qu'au besoin elle revendiquait fermement. Par exemple, elle tenait par-dessus tout, comme quelque chose d'essentiel pour elle, à sa place à table avec nous à l'heure des repas. C'était son droit absolu, du moins elle l'estimait ainsi et nous le fit bien comprendre, obstinément, pendant des années.

Au début, je tentai un semblant d'éducation et la chassai. Mais non ! Pourquoi nous là-haut et elle en bas ? Sa place n'était pas par terre ! Elle remontait immédiatement en râlant, louvoyait entre les couverts, se cachait derrière le vase de fleurs, en faisait le tour, et quand j'avais réussi à la chasser de nouveau, elle remontait encore, dix fois, vingt fois, l'œil plein de révolte, outrée qu'on lui fasse cet affront. Impossible de l'empêcher, d'autant qu'un pareil acharnement finissait par être drôle... Puis je m'aperçus qu'elle ne touchait pas à la nourriture si on le lui défendait, et que souvent elle n'essayait même pas, venant de manger son propre repas, mais qu'elle voulait s'asseoir là et regarder tout son monde, trônant au bout de la table comme une sorte de patriarche. La chaise haute des enfants lui échut un temps et elle s'asseyait fièrement sur SON siège, le jabot blanc gonflé de satisfaction, semblant écouter la conversation, suivant le repas du début à la fin. Passé l'âge des bouillies et la chaise évacuée pour cause d'encombrement inutile, elle s'assit directement sur le bout de la table, ce droit lui étant définitivement acquis pour cause de bonne tenue.

En fait, j'ai mis quelques années à comprendre que Missoui avait un problème : elle aurait voulu être humaine. Ou alors elle se considérait comme telle. Découlait de cela – à moins que ce ne soit le contraire – qu'elle était perdue pour la société animale, notamment féline. Ses rapports avec ses semblables étaient catastrophiques, et tous les chats qui passaient par notre jardin campagnard n'avaient de cesse d'en faire de la charpie. L'ayant laissée quelques jours aux bons soins d'un voisin qui la nourrissait alors que je faisais un court séjour à Paris, je la retrouvai terrée dans un coin, n'osant plus poser une patte dehors, trois énormes abcès sur le dos.

Le vétérinaire qui la soigna, en écartant ses poils, révéla une série de morsures profondes, du cou jusqu'aux reins. On l'avait attaquée plusieurs fois, sans doute tous les jours, et les traces de crocs sur le dos prouvaient qu'elle avait été battue alors qu'elle fuyait. Il me recommanda de ne plus la laisser seule à la campagne. Sa fuite étant un aveu de faiblesse, « ils reviendront pour l'attaquer sans relâche et si possible l'achever, c'est une dominée ».

Elle mit plusieurs mois à ressortir dans le jardin sans être terrorisée, jusqu'à ce que ses agresseurs disparaissent – ayant peut-être succombé eux-mêmes dans d'autres combats ? On trouve toujours plus fort que soi dans la nature.

Je crois que Missoui, effectivement faible et dotée de peu de défenses, immunitaires ou autres, se sentait virtuellement morte vis-à-vis de la loi animale – en fait, elle aurait « dû » mourir si je ne l'avais sauvée, maigre et malade comme elle l'était quand je l'avais trouvée – et avait reporté du coup toutes ses facultés, ses qualités d'amitié, d'intelligence dans ses relations avec les humains. C'est en ce sens, je crois, qu'elle n'était pas tout à fait normale. Tarée pour les autres animaux, certes, et juste bonne pour eux à devenir de la chair à pâtée, mais quelle merveille de chatte pour nous ! Quelle personnalité ! Et quelle tendresse ! Ah ! la tendresse de Missoui… Les nuits avec Missoui !

De la même manière qu'elle tenait à sa place à table avec nous, d'égal à égal, à notre hauteur, il n'était pas question qu'elle dorme au pied du lit ou entre nos jambes, comme le font les chats ordinaires. Non, il lui fallait sa place sur l'oreiller, au plus près de notre souffle. Elle y tenait dur comme fer et conquit ce droit-là avec la même opiniâtreté. Pour ne pas dormir avec tout son poids sur la tête et sa queue en travers du nez, elle avait donc son oreiller personnel, où elle s'installait confortablement pour passer la nuit entière avec nous.

Chaque lit de la maison était ainsi pourvu d'un oreiller supplémentaire réservé à Missoui, car mon fils, ma fille et moi, nous partagions ses faveurs, par tour de trois ou quatre nuits d'affilée, selon son bon vouloir et des flux de préférence dont j'ignorais les critères. Les enfants rivalisaient de séduction pour l'attirer dans leur lit. A l'heure du coucher ce n'était que bruits de petits bisous, caresses en douce, appels furtifs pour tenter de l'influencer. Missoui, comme un pacha visite son harem, allait de chambre en chambre, indécise, retardant son choix. Et quelquefois, de loin, j'entendais un « haa !… » de satisfaction et de victoire m'indiquant qu'elle venait d'élire son compagnon ou sa compagne de la nuit en s'installant sur SON oreiller. Et il n'était pas rare qu'un « hoo… » de déception me parvienne en retour de la chambre délaissée.

Puis nous remarquâmes au bout de quelque temps que Missoui boudait de plus en plus souvent son oreiller pour s'installer sur le nôtre. Quand nous l'y remettions, elle y restait, mais pas contente, lorgnant notre taie avec envie. C'était le même manège dans les trois lits, et mes enfants remarquèrent aussi qu'elle faisait la tête quand ils insistaient pour qu'elle reprenne sa place. Au réveil, nous la retrouvions en turban au-dessus de notre tête, sur NOTRE oreiller. Voulait-elle dormir encore plus près de notre visage ? Pas vraiment…

Je découvris la raison de cette contestation le jour où j'eus l'idée d'échanger les oreillers, alors qu'elle essayait encore une fois de s'installer sur le mien à l'heure du coucher. A peine les avais-je intervertis qu'elle s'installa avec un air de contentement et de victoire sur « mon » oreiller, que je venais de lui céder, et qu'elle y resta tranquillement toute la nuit sans venir squatter ma place. Les enfants tentèrent l'expérience avec autant de succès. Nous avons compris alors que Missoui avait repéré que nous avions droit, nous, à des oreillers à motifs assortis à la couette alors qu'elle n'avait, elle, qu'une simple taie unie… Ça n'allait pas du tout, ça devait être moins bien ! Comme d'habitude, elle voulait ce que nous avions, nous, c'était mieux !

Une fois certains de la chose, les enfants ne se privèrent pas de la faire enrager en lui donnant leur oreiller, puis en le lui retirant au dernier moment pour rire de sa réaction, ou en mettant des oreillers tous unis – elle ne savait plus où se coucher ! – pour finalement lui offrir ce qu'elle voulait, l'oreiller à ramages sur lequel elle se lovait avec empressement, soulagée, se rengorgeant dans son jabot de fourrure blanche l'air de dire : « Ah ! tout de même ! » Et mon fils lui chantait narquoisement à l'oreille, sur un petit air de style publicitaire : « Les oreillers À-FLEURS ce sont les MEIL-LEURS ! » Elle restait digne, fière, péremptoirement installée sur ce qu'elle avait conquis...

Je suis heureuse que mes enfants aient connu l'affection d'une bête, qu'ils l'aient éprouvée, recherchée, partagée avec elle. C'est si triste d'être toujours seul dans son lit étant enfant... Quelle douceur que le sommeil partagé avec un animal tendre. J'ai reconnu dans leurs yeux, dans leurs gestes, du véritable amour pour Missoui. Et c'était beau à voir, et bon à vivre.

Car Missoui était une grande amoureuse. Elle avait un abandon, une invention dans la tendresse que je n'ai connus à aucun autre chat. Des gestes, là aussi, à la limite de l'humain. Je me souviens qu'un jour, après une grande crise d'amour, elle reposait de tout son long à côté de moi, contre ma poitrine, sa tête à la hauteur de la mienne, et nous nous regardions, nez contre nez, sa patte avant posée sur mon cou. Sur le point de m'endormir, ses moustaches qui me chatouillaient la joue me gênèrent et je tournai la tête de l'autre côté. C'est alors que Missoui, sans bouger son corps et la tête toujours calmement posée à côté de moi sur l'oreiller, leva simplement la patte posée sur mon cou, attrapa mon menton, sans sortir les griffes bien sûr, et ramena doucement mon visage vers elle. Ce mouvement si doux et volontaire... Et ce regard... Je me rappelle l'avoir regardée intensément en retour, éberluée par ce geste si sensible et proche des nôtres en pensant : « Quel genre de chatte es-tu donc, toi ? »

Les années passant, la tendresse s'approfondit encore entre Missoui, mes enfants et moi. Elle continuait, immuablement, à faire le tour de nos chambres.

Et nous dormions avec délice avec elle, même si elle nous réveillait le matin par un léchage obstiné de nos narines – ce qui devait être l'équivalent du baiser pour elle. Pour rien au monde, nous ne l'aurions chassée de notre lit pour ça, même si sa petite langue râpeuse nous écorchait assez cruellement le bord des trous de nez. Ce fut pire quand, sa santé ne s'améliorant pas, elle eut un taux d'urée dans le sang tel qu'il lui donnait une haleine épouvantable. Nous la supportions stoïquement, retenant notre respiration. Elle était tellement contente de nous dire bonjour ainsi le matin... Et nous étions tellement heureux de son amitié. Elle n'aurait pas compris qu'on la repousse. La tendresse était la plus forte, nous nous laissions donc faire. Et je sais qu'à tous les trois, indifféremment, nous échappaient dans un souffle les mêmes mots doux : « Tu pues, Missoui... »

Nous l'aimions.

C'était une personnalité importante de la famille. Grâce à son caractère particulier, à son intelligence, elle se faisait aimer comme une personne très chère qui aurait été à la fois autoritaire et tendre, affairée, maniaque, se mêlant de tout et malgré tout discrète, délicate et sensible, mais acariâtre à certaines heures, faible, ayant besoin de protection et protectrice aussi, et tellement attachante qu'on l'adorait pour tout cela à la fois, comme une enfant, une amie, une amoureuse et aussi une aïeule très sage, irremplaçable.

Au bout de quelques années de vie commune, il ne nous venait pas à l'idée de dire « donne à manger au chat » ou « il faut emmener la chatte ». Non, ce n'était pas, ce n'était plus un chat. C'était elle, Missoui. On l'appelait toujours par son nom.

Même les gens qui venaient à la maison, et qui n'étaient pas toujours fanatiques des animaux domestiques, remarquaient sa particularité et comprenaient notre attitude égalitaire envers elle – qui, de loin, pourrait prêter à rire, je l'avoue... – comme cette personne de ma famille qui n'aimait pas spécialement les chats, qui jamais ne se serait encombrée l'existence d'une bête et qui, ayant côtoyé celle-ci quelques années, la considéra un jour en hochant la tête, pensive, et dit gravement : « Tout de même.. Missoui, c'est quelqu'un. »

Si mes trente ans marquèrent pour moi le début d'une période heureuse, brillante et légère, la quarantaine amena des années lourdes et plutôt sombres. Je ne dirai pas « noires », surtout pas, car je ne voudrais pas tenir pour peu d'avoir continué tout ce temps à faire une carrière professionnelle enviable, avec notamment des aventures théâtrales de grande qualité, et d'avoir eu une telle chance dans ma vie personnelle en ayant des enfants en pleine santé, et aucune épreuve véritable.

Mais mon passé, le malheur ancien, me rattrapait... Il y avait en moi un silence de plus de trente ans sur l'événement qui avait coupé mon enfance en deux – « l'avant » perdu dans une profonde amnésie et « l'après » tout en défenses sur lesquelles je m'étais appuyée pour me construire.

Je ne sais pourquoi c'est à cet âge-là, après avoir vécu tout ce temps avec ce lourd secret, que gonfla en moi l'obscur besoin de faire le chemin à rebours vers les morts. Les photos que mon père avait laissées m'y aidèrent. C'était mon seul héritage, comme une trace, un fil rouge à suivre. Elles étaient là, dans un tiroir, sans que je les aie jamais regardées, images-témoins des années oubliées. C'est à quarante ans, effectivement, que j'ouvris ce tiroir pour en sortir deux ou trois albums et beaucoup de négatifs, si soigneusement rangés qu'ils étaient intacts, sans un grain de poussière.

Le premier pas était fait, il fallait aller jusqu'au bout, rentrer en soi et débusquer peu à peu tous les nœuds de révolte, se heurter à la douleur intacte, au manque devenu partie de soi-même, profondément enkysté au fond du silence. Cela prit six ans en tout. Six ans pour faire un deuil si longtemps retardé, est-ce trop ? Et que veut dire exactement « faire son deuil » ? Peut-être tout simplement pouvoir penser « ils sont morts » sans se raidir avec l'impression d'une glace dans le sang, sans s'écrouler non plus dans des sanglots qui ressemblent à des cris. Admettre que cela ait pu être et qu'ailleurs soit maintenant leur place, à eux, les morts, sans vouloir les garder à tout prix comme des fantômes lourds comme des pierres au fond de soi. C'est tout. Il ne faut pas être regardant à six ans de sa vie pour se libérer d'un tel fardeau...

J'ai pensé, après, que mes enfants avaient été pour beaucoup dans le fait que je ressente la nécessité de faire ce chemin. Sans être férue de psychanalyse, qui dénonce si fort les méfaits du non-dit, j'ai simplement senti qu'un tel poids de silence, une telle douleur non apaisée chez moi pouvaient être pour eux, d'une manière ou d'une autre, un lourd héritage. Pour eux, pour la suite de ma vie, aussi, les choses ne devaient pas rester en l'état.

Ne « devaient pas »… !

Relisant ce que je viens d'écrire, je me fais sourire moi-même ! C'est si facile, après coup, de résumer les choses ainsi, cela paraît si logique et presque tranquille, comme un programme établi. Mais quand j'ai ouvert le tiroir et sorti les négatifs, si j'avais su dans quel brouillard inconnu, dans quel bourbier de larmes j'allais m'aventurer, combien d'années j'allais tourner en rond dans des douleurs et des regrets inextricables ! Heureusement qu'on ne sait rien, qu'on va à tâtons, jour après jour, mois après mois, à l'aveuglette. Si on savait on n'oserait pas, on n'aurait pas le courage.

Quelques personnes m'ont demandé : pourquoi un livre ? Pourquoi l'écriture ? Pourquoi ne pas tout simplement parler de ce que j'avais sur le cœur à mes proches, ou à « quelqu'un » ? Comme si c'était simple de desceller des lèvres closes depuis trente ans, de dénouer dans la parole tous ces blocages d'une souffrance repliée sur elle-même comme une pelote compacte. Sans compter l'émotion qui submerge, qui étrangle les mots dans la gorge, qui stoppe toute pensée, qui noie toute progression dès que l'on ouvre la bouche. Certains le peuvent peut-être. Tant mieux. C'est bien. Mais pour moi, ce n'était pas ainsi.

Ce n'est qu'en silence que j'ai pu démonter cet échafaudage de silence, par des mots écrits, seule, en prenant tout le temps qu'il me fallait pour dénouer, éclaircir, revenir en arrière, puis avancer de nouveau. Et pleurer, pleurer à en être dégoûtée, mais tant que j'en avais besoin. Si j'avais pu me confier à voix haute, n'importe lequel de mes semblables, si intelligent et compatissant soit-il, aurait cherché à me consoler trop tôt, à me conseiller sur le chemin a prendre, voire à trouver des raccourcis pour que je me taise, que je sèche mes larmes un peu plus vite. Des histoires comme celle-là sont trop longues et trop lourdes pour les autres, même aimants. Il n'y a que soi pour les assumer jusqu'au bout.

Si je raconte tout cela, c'est que c'est sur cette même table où j'écris aujourd'hui, dans cette même campagne où je venais souvent seule, dans cette même chambre où je m'isolais, parfois pour cacher mon émotion à mes enfants, s'ils étaient là, et ne pas les effrayer, que j'ai fait ce long, lent et solitaire travail de retour sur mon enfance et la mort de mes parents. Personne n'aurait pu m'accompagner dans cette solitude. Enfin... presque personne.

Au risque de paraître un peu ridicule, je voudrais dire un « merci » posthume à ma chère, ma merveilleuse Missoui, pour avoir été ma compagne attentive, assidue et tendre pendant tout le temps que j'écrivais *Le Voile noir*. Je peux dire que je l'ai écrit avec elle. Son regard, sa présence m'ont extraordinairement aidée.

Mais comment, pourraient s'insurger certains, osez-vous prétendre qu'une chatte, un animal, était un meilleur compagnon pour vous qu'un humain ? Avez-vous si peu de considération, de respect pour l'amitié et la compréhension que vos semblables auraient pu vous témoigner pendant ce temps ?

Non, bien sûr. J'ai eu autour de moi amitié, attention et compassion, et j'ai tout accepté avec reconnaissance. On prend, on boit tout ce qui peut vous réconforter dans ces éprouvantes périodes-là ! Il n'empêche que ma démarche était solitaire, mon chemin vers une enfance perdue, mes doutes, mon désarroi, ce qui me poussait malgré tout et mes heures passées là-haut dans cette chambre à travailler à cette recherche étaient solitaires. Il ne pouvait en être autrement.

Démarche solitaire, oui, mais pas seule. Elle était là, simplement là...

Il est rare en effet de pouvoir affirmer qu'en certaine circonstance avoir un animal avec soi, c'est mieux qu'un être humain. J'ai vécu une de ces circonstances particulières. Et même si je dois choquer, j'affirme que pour moi, à ces moments-là et dans ce cas précis, les qualités d'un animal – avec l'intelligence et la sensibilité de Missoui – furent plus adéquates près de moi que celles de n'importe quelle personne.

Cela tient, je crois, à ce que je me battais avec l'indicible. Nous avions le silence en commun. Moi, mon silence de trente ans, et elle, son silence animal, qui s'épaulaient l'un l'autre. J'essayais de mettre mon silence en mots, c'était mon travail d'humaine de tenter de formuler l'indicible. Mais pour quelques lignes écrites, combien d'heures à être reprise par le silence, à errer dans cette contrée sans limites, sans repères, de l'inexprimable.

Là, je la retrouvais, à côté de moi, en parfaite osmose, toutes les deux dans le silence...

Je reprenais des forces près de sa simplicité. Puis je tentais à nouveau de mettre des mots sur mon émotion brute, ma révolte impuissante d'orpheline, et même sur mes souvenirs éteints. Cerner, mettre des mots, des bornes, des phrases comme des ponts ou des frontières, définir. Définir, c'est notre lot à nous...

Mais l'indicible était mon paysage intérieur, celui qui m'était familier depuis si longtemps, et si j'essayais de le formuler, ce n'est pas pour autant qu'il ne restait pas mon « chez moi ». Et il se trouve qu'il était aussi son « chez elle ». Elle posait quelquefois son front d'animal sur ma tête, se couchait le long de mon cahier ou sur un fauteuil touchant le mien. Elle n'essayait pas de me consoler, ni de me conseiller, ni de formuler à ma place. Elle était là, avec sa tendresse et sa chaleur, c'est tout. Mes chagrins d'enfant qui resurgissaient ne la gênaient pas, ne l'effrayaient pas, je n'avais pas à la rassurer, ni à m'en excuser auprès d'elle. Elle acceptait tout de moi, avec son bon regard, et quand c'était trop dur je la prenais contre moi ou je me couchais un moment avec elle. Elle me faisait une crise d'amour, posait sa patte sur ma joue, léchait mes larmes. Que j'ai pu pleurer sur Missoui ! Mon Dieu ! A certaines heures, ce n'était plus une chatte mais une serpillière ! Et à son contact, dans notre silence partagé, je reprenais des forces.

A qui aurais-je pu infliger cela, sans me sentir coupable, pendant des heures, des jours, des mois ? Sur qui aurais-je pu me répandre ainsi sans honte, sans remords ? Personne, je pense. Sauf elle.

Je pense de plus que, déchargeant toute mon émotion exacerbée sur elle, je sauvegardais mes enfants, encore, d'un poids qu'ils n'avaient pas à supporter. Je redevenais souvent une petite fille tout à fait perdue, et la tentation eût été forte, si je n'avais eu Missoui pour m'épancher, de venir me réchauffer dans leurs bras, reposer un peu sur eux ma faiblesse. Je leur aurais donné alors un rôle qui n'était pas le leur, un rôle beaucoup trop lourd. Aucun enfant ne devrait avoir à consoler sa mère de ses chagrins d'enfant...

Mais Missoui était là, avec moi, tour à tour ma mère, mon amie, ma compagne d'écriture, ma petite sœur, ma démunie de mots, ma très sage.

Quand je pense à ces années et à l'écriture du *Voile noir*, j'ai une image qui me revient toujours. Je m'éveille le matin dans la chambre silencieuse, la table d'écriture est devant moi, plus loin dans la pièce, se découpant sur la grande fenêtre qui donne sur la campagne. Il y a les photos de mon père étalées partout, à terre. Le cahier est ouvert sur la table, à la page où j'en suis restée de ma lutte avec l'indicible. Je sors à peine du sommeil que je vois Missoui assise à côté du cahier, sur la table, vigilante et tranquille, gardienne de mes mots, sa silhouette toute droite se découpant à contre-jour sur la fenêtre.

Sa présence remplit la pièce. Sa tendresse et son attention sont partout autour de moi. Nous sommes ensemble dans le silence.

De la table, elle me regarde, elle ne bouge pas, patiente. C'est moi qui viendrai, elle le sait. Elle m'attend.

Ma fille, Sara, avait à peu près six ans quand, étant avec moi chez le vétérinaire à cause de l'un des multiples ennuis de santé de Missoui, elle entendit une phrase qui la frappa beaucoup. Le médecin, au cours de la consultation, avait émis des doutes sur la longévité d'une bête qui avait tant de problèmes en disant qu'elle « ne ferait peut-être pas de très vieux os ».

Dès que nous fûmes dehors avec la chatte dans son panier, Sara m'interrogea sur ce que cela signifiait Je lui dis qu'il y avait des chats qui atteignaient dix-huit, vingt ans et parfois plus, mais que Missoui ne vivrait peut-être pas aussi longtemps puisqu'elle était si fragile.

– Quand va-t-elle mourir ?

Je lui répondis qu'on ne pouvait pas le savoir. Pour le moment, on la soignait le mieux possible et elle vivait.

– Mais combien de temps ? Il devrait nous le dire, le docteur !

Je tentai de lui expliquer que même un médecin ne

pouvait répondre à cette question. Et quand bien même il le saurait, je ne pense pas qu'il se risquerait à nous le dire, car il ne pourrait pas être précis.

– Mais à peu près ! Il FAUT qu'on sache...

Elle demeurait soucieuse. Elle tenait absolument à une estimation de temps. Elle ne pouvait pas rester dans cette incertitude et me dit que la prochaine fois qu'elle m'accompagnerait pour faire soigner Missoui, elle demanderait au vétérinaire d'être plus précis. Je lui dis qu'elle pouvait toujours poser la question, on verrait bien ce qu'il répondrait.

Sara est une enfant très gaie, positive et tonique. Ce souci à propos de Missoui n'affecta aucunement sa joie de vivre, mais je voyais bien qu'il ne la quittait pas. Elle faisait attention, maintenant, à ce que la chatte prenne bien ses médicaments, elle surveillait son état du coin de l'œil et quelques semaines plus tard, quand je retournai chez le vétérinaire, elle tint absolument à m'accompagner pour poser sa question.

– Vous avez dit qu'elle ne vivrait peut-être pas vieille, mais quand va-t-elle mourir ?

Le médecin, embarrassé, lui répondit la même chose que moi.

– Mais quand à peu près ?

Il lui expliqua très gentiment que ça dépendait de trop de choses pour qu'il puisse répondre précisément, mais qu'on s'occupait très bien d'elle et qu'elle pourrait sans doute vivre encore longtemps...

Le flou de la réponse s'épaississait de phrase en phrase et Sara se tut, comprenant qu'elle n'obtiendrait rien de plus. Mais c'est parfois en posant de grandes questions qui n'ont pas de réponses qu'on obtient quelques petites précisions fort utiles. Le médecin recommanda à Sara de surtout bien soigner le nez de Missoui... Et c'est ainsi que l'on apprit que les chats meurent rarement du coryza lui-même mais qu'ils se laissent mourir de faim car ils perdent l'odorat à force d'avoir les narines infectées, et un chat qui ne peut pas sentir si sa nourriture est bonne ne mange plus. L'aurait-on su si Sara n'avait pas posé sa grande question ?

Toujours est-il qu'elle ressortit aussi soucieuse qu'auparavant et assez mécontente. L'idée de pouvoir être surprise par la mort de Missoui la révoltait.

– Tu comprends, il faut qu'on se prépare...

Je me tus, très impressionnée et émue par ce qu'elle était en train de me dire, par la manière si déterminée qu'elle avait d'appréhender ces choses. Oh ! ma chérie, mon enfant, « il faut qu'on se prépare » :...

J'avais tout juste commencé à écrire *Le Voile noir*, à me rendre compte de mon refus de la mort et de toutes ses conséquences sur ma vie, et j'étais bien loin encore d'avoir remonté jusqu'au terrible moment où j'avais trouvé mes parents sans vie par terre devant moi – ô combien pas préparée, pas préparée du tout à une chose pareille... Tellement pas préparée que, trente ans après, j'étais encore sous le choc. Et voilà que ma petite fille, elle, voulait absolument savoir pour ne pas être prise au dépourvu, et avec une détermination qui me sembla peu ordinaire. Sans connaître mon histoire ni quelle plongée dans le passé j'étais en train d'entreprendre, ne prenait-elle pas instinctivement, tout à fait inconsciemment, le contre-pied de ce que j'avais vécu, de ce dont je souffrais encore ?

Et la vie continua. Sara était joyeuse, pleine d'allant, tout en surveillant les fluctuations de santé de Missoui. De temps en temps elle me reparlait de son souci. Comme c'était embêtant de ne pas savoir, de ne pouvoir prévoir...

Puis quelques mois après, elle me dit soudain :

– J'ai une idée !

– Oui ?

– Pour Missoui. Il faut qu'on prenne un autre chat.

Je lui rétorquai que nous étions très bien comme ça avec Missoui et qu'un deuxième chat n'était peut-être pas nécessaire puisqu'elle semblait très heureuse seule avec nous.

– Mais si, il faut ! Parce que, quand Missoui mourra, on aura commencé à aimer l'autre et ce sera moins dur.

J'avoue que je restai estomaquée par une telle prévoyance à long terme. Comme elle avait peur de souffrir ! Mais je résistai, en arguant qu'il n'était pas certain du tout que Missoui, à l'amitié très exclusivement portée sur les humains, s'entende avec un autre animal.

Un jour que j'étais encore – un véritable abonnement ! - chez le vétérinaire, mais sans Sara, je lui rapportai les propos de ma fille en souriant. A ma surprise, il les prit très au sérieux et me dit gravement qu'elle avait tout à fait raison. Ce serait une très bonne chose, d'autant que la présence d'un chat plus jeune stimulerait Missoui et qu'il était possible que sa santé s'en trouve améliorée.

Je restai perplexe. Un autre chat ? Qui ne serait pas « de hasard » ?! J'avais du mal à l'envisager. Je bloquais. Et je lançai, comme une boutade, qu'ayant beaucoup aimé avant Missoui un chat merveilleux qui était un chartreux, je n'en adopterais un autre que s'il était de cette race. Ça ne court pas les rues, les chartreux, surtout à adopter ! Je pensais que ce souhait serait assez difficile à satisfaire pour rendre sa réalisation improbable. Je voulais gagner du temps, réfléchir...

Je n'en eus pas le loisir. La secrétaire du vétérinaire m'appela quelques jours plus tard d'une voix victorieuse pour m'annoncer cette bonne nouvelle : une portée de chartreux venait de naître et les maîtres souhaitaient les donner. « N'est-ce pas merveilleux ? Quelle chance vous avez ! »

Sara exultait. Son plan « anti-deuil difficile » était en train de se concrétiser. J'abandonnai toute résistance. Dans trois ou quatre mois, le temps qu'il grandisse un peu et soit naturellement sevré, un autre chat viendrait tenir compagnie à Missoui.

J'ouvre une petite parenthèse pour rendre hommage à des gens qui, de la même manière que j'ai une réticence morale à acheter un animal, ont une répugnance à les vendre et préfèrent les donner. Quand on sait qu'un chartreux au pedigree très pur peut se négocier entre dix mille et quinze mille francs et qu'une portée comporte entre quatre et sept chatons, ça mérite un coup de chapeau. Il y a des gens comme ça. Ça existe. C'est rassurant.

Missoui avait vécu sept ans seule, elle était un peu « spéciale », nous nous attendions donc à quelque réaction peu aimable de sa part à la réception du jeune inconnu dans son territoire.

Elle nous surprit une fois de plus. Pas le moindre round d'observation, pas un seul soufflement de colère pour tenir l'intrus à distance. Le jeune chat gris colla immédiatement sa truffe contre la sienne sans qu'elle eût aucun recul. Dix secondes après, elle le léchait de la tête à la queue et le soir même il dormait roulé en boule entre ses pattes. Encore une preuve qu'elle n'était pas normale... Mais combien on a envie de protéger une bête sensible, intelligente et si peu armée ! Combien on est attendri par elle !

Nous vîmes effectivement Missoui rajeunir, se réveiller à son contact, et naquit en quelques mois une véritable amitié de chats. Non seulement il est psychologiquement plaisant d'observer la progression d'une affection entre animaux, mais c'est aussi une joie pour les yeux, un vrai plaisir esthétique. Des chats qui s'entendent bien se mettent à bouger à l'unisson, à se poser, à dormir dans des positions parallèles, ou dans une harmonie inversée, chacun ayant la même attitude mais dans des sens opposés, comme en reflet dans un miroir. Une osmose leur fait tourner la tête du même côté, dessiner la même arabesque avec la queue, se lever en même temps et sur le même rythme. C'est très beau à voir. Sans compter les sommeils-câlins où ils sont carrément enlacés, imbriqués, se servant mutuellement d'oreiller, l'image même de la confiance et de la tendresse. Et chacun nettoie soigneusement le visage de l'autre. Beaucoup de gens, qui ont aussi plusieurs chats, m'ont dit ne jamais les voir dormir ensemble, garder une certaine distance, même s'ils s'entendent bien. Chez moi, ils sont toujours collés les uns aux autres. Ça doit être une maison comme ça...

Quand ce joli chat gris, qui ressemblait comme deux gouttes d'eau à mon premier chat de hasard, arriva chez nous, je commis l'erreur puérile d'attendre de lui qu'il ait toutes les qualités de celui que j'avais tant aimé, et je poussai la bêtise – il faut le dire – jusqu'à lui donner le même nom : Titi.

Je suppose que quelques personnes amorcent déjà un sourire en lisant cela, tant il est évident que je courais vers une déception certaine ! J'ai eu bien du mal, évidemment, à me rendre à cette évidence que Titi 2 n'avait strictement aucun point commun avec le premier Titi adoré, sauf celui d'être un chat. On ne peut imaginer caractères plus dissemblables chez des animaux de la même race, et j'avoue avoir eu un peu de mal à m'attacher à ce bon pépère de chat, paisible, sans subtilité particulière, débonnaire mais pas drôle du tout. Le genre de chat qui ne rigole jamais, on le voit très bien, et qui reste tranquillement à sa place de chat, dans sa vie de chat, sans états d'âme, sans rien envier aux humains. Rien, absolument aucune de nos activités ne l'intéresse, il reste à l'écart de tout ce qu'on fait et il n'y a pas moins doué comme chat d'écrivain que celui-là. Papier, stylo, silencieuse complicité l'indiffèrent au plus haut point ! C'est un bon pilier de chat, qui est là, immuablement placide et gentil, sans l'ombre d'une fantaisie. Il n'a même pas fait de bêtises étant petit. Aucun besoin de câlin rapproché ne le pousse à venir contre nous, et quand par hasard il appuie deux secondes son épaule ou sa patte contre un de nos pieds ou de nos genoux, on peut dire que c'est, chez lui, signe d'une bouffée d'affection délirante. Les années passant, il a pris la confortable et typique carrure des chartreux, et le col épais, la démarche lourde et un peu chaloupée, l'attitude compacte et taciturne font qu'il évoque éton-

namment Jean Gabin vers la fin de sa carrière. Rien
ne le démonte. Il reste impavide en toutes circonstances. J'ai vu un petit roquet hargneux foncer vers
lui tous crocs dehors sans qu'il recule d'un seul pas
de chat. Il a simplement gonflé ses poils, sur place,
et c'est le chien qui s'est arrêté.

Avec lui, Missoui n'avait plus peur à la campagne.
Titi, si solide et posé, était un parfait compagnon
pour cette chatte faible et inquiète. Elle l'aimait bien,
on le voyait, mais le fait de cohabiter avec un autre
chat ne modifia en rien ses rapports avec nous.
Elle était toujours aussi présente, revendiquant son
droit d'être au milieu de nos activités et d'avoir une
place égale à la nôtre, et je me suis dit, la voyant si
épanouie dans cet harmonieux partage d'affections
humaines et animale, que je ne laisserais plus jamais
un chat solitaire avec nous. Sara avait eu raison, tout
était mieux, plus équilibré ainsi.

Elle avait accepté de ne pas savoir quand Missoui

mourrait, mais elle ne perdait pas de vue pour autant l'idée que ça arriverait, et si elle ne demandait plus « quand » elle voulait à présent savoir « comment ». Elle m'en parlait souvent. C'était le stade suivant de sa préparation à l'événement.

Je lui expliquai que, sauf accident, Missoui mourrait probablement de maladie, mais que nous aurions le droit, si elle souffrait trop, d'abréger son agonie en l'aidant à s'endormir doucement, définitivement. On pouvait faire ça pour les animaux.

– Et quand est-ce qu'on sait qu'il faut ?

Je lui répondis que le plus simple serait d'attendre qu'elle décide elle-même. C'est elle qui sentira, qui nous montrera qu'à partir d'un certain moment elle doit mourir car elle ne mangera plus et ira se cacher dans un coin pour attendre la fin. C'est à ce moment-là que nous pourrons intervenir pour que ce ne soit ni trop long ni trop pénible.

– Bon…

Elle s'habituait mentalement à la chose. Elle la rumina quelque temps, et un jour, plus tard, elle me dit :

– Tu sais, pour Missoui, quand ça arrivera, quand ce sera le moment, je voudrais qu'elle meure sur moi, dans mes bras.

Oh ! ma fille… Ma courageuse petite fille, si obstinée à trouver sa place vis-à-vis de la mort, à ne pas être piégée par la souffrance, mais à l'affronter en face, en toute connaissance de cause, pour mieux la maîtriser. Ne rien ignorer et faire front. Elle me donnait à repenser, avec émotion, avec regret, à mon pauvre Titi que je n'avais pas eu le courage d'assister dans ses derniers moments. Je l'aimais tant et il n'était pas mort dans mes bras… Pourquoi, comment pouvait-elle prendre une position si affirmée, sans lâcher prise pendant des années, si jeune et n'ayant jamais vécu le traumatisme de la mort d'un proche ? De qui, de quoi tenait-elle cette détermination à ne rien fuir, à ne rien subir dans l'impuissance ?

Je touchais à la fin de mon travail sur mon deuil impossible, écrasée par l'impuissance que j'avais eue, moi, à son âge, tout à fait piégée par les circonstances et incapable de regarder les choses en face. Tant de défenses, de fuites, que je payais aujourd'hui… Et je fus encore une fois impressionnée de la voir appuyer de toutes ses forces sur le plateau d'une balance invisible, mystérieuse, comme s'il fallait qu'elle compense mes faiblesses passées, qu'elle rééquilibre, qu'elle fasse tout le contraire de ce que j'avais fait. Pas de négation, pas de fuite, mais savoir, au besoin devancer les choses pour mieux les appréhender.

Et de l'autre côté, je voyais mon fils, mon fils qui aimait si tendrement Missoui, se taire, détourner la tête, prendre ce visage lisse, ce visage imperméable, masque d'indifférence que je connais si bien pour l'avoir porté moi-même pendant si longtemps, voulant ignorer qu'il tremblait intérieurement à l'idée de la mort de Missoui, ne voulant pas en parler, pas y penser, rien envisager, comme si l'ignorance ferait que ça n'existait pas. Et se jetant dans le jeu pour oublier à l'avance, s'étourdir. Comme je le comprenais aussi… C'est ainsi que j'avais réagi, moi, étant toute petite. Et je m'effrayais un peu de le voir si semblable à ce que j'avais été

Mais c'était à ce moment-là pensées fugitives,

hypothèses légères. Rien n'était arrivé à notre chère Missoui, elle allait de mieux en mieux et je terminais mon *Voile noir*. Venait l'heure de ma renaissance, à moi aussi...

Missoui vécut cinq années avec Titi. Elle était de plus en plus belle, le coryza semblait jugulé grâce aux antibiotiques pour bébé, et elle passa un dernier été magnifique. Son poil était brillant comme jamais, elle croquait joyeusement des mulots et venait nous lécher amoureusement le nez ensuite – « Tu pues la souris, Missoui... ». Elle se posait comme une reine au milieu de son monde, sur des fauteuils en osier, ou voluptueusement dans l'herbe au soleil. Elle était à une sorte d'apogée de sa vie de chatte, heureuse avec nous, avec son copain Titi, avec la nature.

Les enfants étaient ravis et rassurés de la voir si bien, si pleinement en forme, et, pour la première fois cet été-là, toute appréhension pour elle nous a lâchés. Nous avons cru qu'il n'y avait aucune raison que cela ne dure pas. Elle était si bien. Et je me souviens avoir dit à Sara, un jour qu'il faisait aussi beau que lorsque j'avais trouvé Missoui au bord d'une petite rivière, pas très loin : « Tu vois, si ça se trouve, elle va vivre au moins vingt ans ! »

Après ce dernier été magnifique, Missoui mourut en quelques semaines. La dégradation de son état fut foudroyante.

J'étais partie dès le début de septembre pour un long tournage dans le Midi, avec peu de possibilités de retour à Paris. Ma tante, qui s'occupait de la maison et de Sara, mon fils étant en pension, me dit que la chatte était au plus mal, se nourrissant peu, devenant incontinente, avec une faiblesse des pattes arrière. Le vétérinaire nous apprit que son foie, d'une taille double de la normale, ne fonctionnait plus et que son taux d'urée dans le sang était si élevé qu'il n'était plus mesurable. Elle n'éliminait plus, c'était l'empoisonnement de tout son organisme, la fin, à plus ou moins brève échéance.

Loin de chez moi, je craignais que Missoui meure subitement une nuit, dans un coin, et que ce soit Sara qui la trouve, désarçonnée, choquée par une mort solitaire qu'elle n'avait pas envisagée, elle qui s'était tant préparée depuis l'âge de six ans. Des années de souci et affronter cela sans moi, sans son frère qui

188

aimait Missoui autant qu'elle ? Peur que mon fils rentre de pension pour trouver la maison vide de son amour de chatte, et qu'il pleure à peine, trop peu, un fantôme absent, le cadavre de Missoui, dont on n'aurait su que faire, confié entre-temps à un service urbain pour le faire disparaître proprement, alors que nous avions souhaité l'enterrer avec amour dans un coin de notre jardin de la Creuse, là d'où elle venait. Puis on me dit que les choses étaient stationnaires, quoique catastrophiques, et je vis arriver avec soulagement quatre jours de libres pour remonter chez moi.

Dès que je fus à Paris, j'allai chercher Missoui qui subissait un soin chez le vétérinaire. Il me dit qu'après cela son état devrait s'améliorer pendant quelque temps...

C'était un vendredi après-midi. Mon fils rentrerait de pension vers 18 heures. Nous serions tous réunis pour la première fois depuis les vacances. Je ramenai Missoui à la maison, faible mais très heureuse de me voir. Je l'installai avec une alèse sur le lit de Sara car elle semblait calme, contente d'être là. On la bichonnait, elle nous regardait avec ses bons yeux. Et enfin, mon fils arriva.

Je crois sincèrement qu'elle a attendu que nous soyons tous réunis pour se laisser aller à mourir. Peut-être même a-t-elle résisté pas mal de temps avant cela, car mon fils était à la maison depuis à peine une demi-heure qu'elle fut en proie à une terrible crise de convulsions et que tout alla très vite ensuite, inéluctablement.

Une crise comme celle-là est très effrayante à voir. Missoui s'est soudainement tordue en l'air, comme

189

sous le coup d'une décharge électrique, puis elle est retombée par terre en proie à des spasmes si violents que je fus obligée de la maintenir au sol pour qu'elle ne se cogne pas contre les pieds des meubles. Elle avait l'œil vitreux, la gueule ouverte et bavante, le corps tordu dans tous les sens. Ma fille hurlait de peur près de moi et je lui dis doucement d'arrêter de crier pour ne pas effrayer davantage Missoui, si jamais elle entendait quelque chose malgré sa crise. Gaël restait à la porte de la chambre, pâle et pétrifié. Après de longues minutes, les spasmes se calmèrent, mais l'arrière-train de Missoui resta tout à fait paralysé. Je la remis doucement sur le lit. Je n'avais jamais assisté à une chose pareille, j'ai cru qu'elle agonisait, qu'elle mourait pour de bon, là, tout de suite. Et je dis : « Je crois qu'il faut appeler un vétérinaire. » Pendant que j'allais téléphoner, mon fils s'allongea près d'elle en pleurant doucement.

Quand je revins dans la chambre, Missoui allait un peu mieux et son regard était redevenu normal. Après qu'elle eut légèrement récupéré, il se passa quelque chose de merveilleux. Elle nous regarda, les uns après les autres, en ronronnant, avec une indicible expression de tendresse. On ressentait son émotion de chatte à nous voir tous là autour d'elle. Son regard allait, éperdu, de l'un à l'autre, et elle ne savait plus où donner de la truffe sur un nez, une joue, un front, à petits coups. Elle ronronnait comme il est impensable qu'une chatte mourante puisse ronronner, avec des pertes de souffle, des petits ratés, tant elle avait d'amour à exprimer. Et ce regard, ce regard... C'était comme si elle pleurait de bonheur en nous regardant tour à tour. Elle nous a donné son affection, elle a reçu la nôtre, pendant un long moment, puis elle s'est calmée. Mon fils est resté deux heures avec elle, à lui faire un tendre câlin, et ses larmes coulaient toutes seules, doucement, sur la chatte qui se reposait dans ses bras.

Nous avions tous compris qu'elle allait vraiment mourir, qu'elle s'abandonnait. Nous nous sommes dit ensuite qu'elle nous avait dit « adieu » à ce moment-là, un long, délicat adieu, après lequel elle avait clos ses yeux, confiante et rassurée.

Le médecin appelé vit la chatte calme, réveillée, mais complètement paralysée. Il reconnut qu'elle était sans doute près de mourir, mais voyant son beau regard, il dit : « On ne peut pas piquer une chatte qui a l'air si heureuse… » J'ai répondu : « Non, bien sûr ! Mais tout à l'heure elle était si mal… Que pouvez-vous faire pour elle ? » Il lui administra un calmant, quelque chose qui l'aiderait peut-être à éliminer ses toxines, nous recommandant de la maintenir si possible sur son alèse. Il dit aussi que c'était une dernière tentative, mais que si les crises reprenaient cette nuit et demain matin, ce serait fini et qu'il serait temps, alors, de le rappeler.

Titi, le bon et placide Titi, était pris depuis quelques heures d'une inquiétude extrême. Il ne tenait pas en place, tournant autour de Missoui, la reniflant, l'œil noir d'angoisse. Quand nous installâmes la chatte par terre sur son alèse, dans un coin du salon, avec de l'eau près d'elle, il fit quelque chose de très surprenant qui nous laissa pantois. Missoui, la moitié du corps paralysée, essaya de se traîner à la force des pattes avant, cherchant sans doute à se dissimuler quelque part. Titi bondit devant elle pour l'empêcher d'aller plus loin et la ramena littéralement à son alèse. Puis il s'assit et la regarda couchée là, comme s'il était rassuré. Elle tenta de fuir de l'autre côté, mais il bondit et la ramena une nouvelle fois, avec fermeté mais douceur, et se rassit pour la surveiller. On aurait dit qu'il l'empêchait de se cacher dans un coin pour mourir. Après trois ou quatre vaines tentatives, elle renonça et resta là sous son regard vigilant. C'était extraordinaire. Missoui s'endormit, son copain Titi à côté d'elle. Et nous allâmes nous reposer aussi. Nous attendions le lendemain.

Dès le petit jour je cherchai Missoui, qui avait réussi à se traîner sous un meuble. L'œil noir et vitreux, elle ne me voyait plus. Je la tirai de là, épuisée, sans force pour résister. Il n'était plus du tout l'heure de ronronner. Je la remis sur son alèse et les crises reprirent tout de suite, le unes après les autres, horribles. Les enfants s'étaient réveillés et la regardaient, affolés et impuissants, souffrant pour elle.

Nous avons attendu un peu, pour voir si ça ne se calmerait pas, comme la veille. Puis elle eut un accès de spasmes encore plus violents et je n'arrivais même plus à la maintenir sur place tant elle était secouée de soubresauts. A la fin de cette crise-là, pendant un court moment de répit, elle souleva avec peine sa pauvre tête, tendue de toutes ses forces vers nous, et de sa gueule ouverte jaillit un long gémissement désespéré, qui n'était ni un miaulement ni un cri mais l'expression même de l'angoisse et de la révolte. Cette plainte très forte, longue, terrible, nous glaça. Je n'ai jamais entendu une chose pareille et j'espère ne jamais la réentendre, il n'y a que la mort pour susciter cela. Ni un hurlement ni une plainte, mais à la fois l'expression de la terreur et un questionnement désespéré, viscéral, un questionnement qui surpassait la douleur et la peur. J'entends encore ce long cri, il est gravé en moi. Il restera pour moi le cri de l'angoisse existentielle, du « pourquoi » universel face à la mort.

Mes enfants, profondément frappés aussi, terrorisés par ce qu'exprimait cette plainte, me supplièrent de rappeler le médecin « pour que ça s'arrête ». Une nouvelle crise avait repris Missoui, et Titi était au comble de l'affolement, tournant et retournant autour d'elle.

Le médecin arriva très vite. Dans la demi-heure qui suivit, il fut là. La chatte, après sa dernière crise, était tombée dans une sorte de léthargie comateuse. Il prépara les seringues pour piquer Missoui, et c'est alors seulement que je réalisai qu'elle était sur les genoux de Sara... Je ne sais plus comment ça s'est fait exactement, je n'y ai pas pris garde. Ce n'est que lorsque j'ai vu le vétérinaire ouvrir sa sacoche près du fauteuil où elles étaient toutes les deux, les yeux de Sara pleins de larmes mais aussi de calme détermination, sa petite main qui maintenait doucement Missoui sur elle, que j'ai compris que ce n'était pas un hasard. Elle lui a demandé d'une petite voix :

– Elle peut rester sur moi ?

– Oui, si tu veux. Elle est bien, là.

Pendant que je téléphonais, elle l'avait prise et posée sur elle pour que tout se passe comme elle l'avait souhaité depuis des années.

Mon fils était assis sur le canapé, pas loin. Écrasé de tristesse, il regardait les choses se faire.

Le médecin nous a expliqué, très gentiment, que

cela allait se passer en deux temps. Il ferait une première simple piqûre anesthésique à Missoui, qui l'endormirait complètement, et quand elle serait tout à fait inerte, une deuxième piqûre directement dans le cœur, qu'elle ne sentirait pas du tout et qui, elle, serait mortelle.

Nous avons regardé le médecin opérer, calmes, sans parler. Il continuait à nous expliquer ce qui se passait, pour meubler un peu le silence. Sara caressait Missoui doucement pendant qu'elle s'endormait après la première piqûre. Puis elle la tint dans la bonne position, alors qu'elle avait perdu connaissance, pour la deuxième dans le cœur. Quand celle-ci fut faite, les pattes de Missoui se raidirent un moment, puis se détendirent. Le médecin écouta son cœur au stéthoscope et dit : « C'est fini. » Il précisa doucement que nous aurions deux heures pour la mettre dans la position dans laquelle nous voulions qu'elle soit enterrée, au-delà de ce temps le corps serait raidi. Nous avons acquiescé en silence, incapables de parler. Nous pleurions tous.

Tout cela a duré peut-être un quart d'heure. C'est long, à regarder s'anéantir la vie d'un petit être si cher, si précieux pour tous, la compagne de jeu et de tendresse de mon fils pendant douze ans, la presque sœur animale de ma fille, elles avaient le même âge, elles s'étaient toujours connues. Et, pour moi, cette si chère compagnie pendant ces années de retour vers mon passé, ma fidèle, mon amie, ma petite bouée de douceur, Missoui...

J'avais peu songé à mon propre chagrin, attentive avant tout à celui de mes enfants. C'était leur premier contact avec la mort d'un être aimé. Cela ayant été, je peux le dire, l'affaire de ma vie, j'étais terriblement à l'écoute de leurs réactions. Mais quand je revins d'avoir raccompagné le médecin, je tombai dans les bras de mon compagnon et lui dis en sanglotant : « Tu sais, celle que je perds là, c'est ma meilleure amie… »

Nous avons décidé d'envelopper Missoui dans un paréo d'un bleu magnifique, que Sara avait choisi pour moi un jour, en vacances. Ainsi elle serait enterrée dans du bleu. Il fallait partir si nous voulions avoir le temps de faire la route pour l'emmener dans la Creuse avant le soir… Et j'ai pensé fugitivement que cette chatte, géniale durant toute sa vie, s'était débrouillée pour être géniale jusque dans sa mort – elle avait choisi de vivre ses dernières heures juste le jour où j'étais à Paris, où nous étions tous réunis autour d'elle, elle nous avait dit « adieu » et laissé le temps, en plus, de faire le voyage vers le lieu choisi pour son enterrement. Chapeau, Missoui !

Pendant que nous nous préparions, pleurant toujours en silence, elle était restée là, un peu roulée en boule, sur le fauteuil, et je notai que Titi jusque-là si inquiet d'elle, si présent à ses côtés, la reniflant, la regardant intensément, l'ignorait soudain totalement, comme s'il ne la voyait plus… Il passa près d'elle au-dessus du fauteuil sans paraître remarquer sa présence, puis il repassa, quasiment sur elle, sans même s'arrêter. C'était comme si elle n'existait plus – et, de fait, elle n'existait plus – et ce corps, cette fourrure inerte n'avaient plus aucun intérêt pour lui. Et je pensais encore une fois à ce don de perception psychique si développé chez les chats. Il sentait parfaitement bien l'absence de Missoui. Et son corps, sans sa présence mentale, était devenu une simple chose, rien. Pour lui, elle n'était plus là.

Mon fils décida de ne pas venir avec nous enterrer Missoui. Cela ne m'étonna pas du tout. C'était dans la logique de ses réactions, de son caractère à lui. « Ça va me rendre encore plus triste, ce n'est pas la peine, ça ne sert à rien… »

Non, mon fils, ça ne sert à rien de se forcer quand on ressent les choses comme ça. Je l'assurai que ce n'était pas grave, qu'il avait fait sentir toute sa tendresse à Missoui pendant deux heures hier soir quand elle était encore en vie, c'était le plus important. Pour le reste, il faut faire comme on sent, on n'y échappe pas de toute manière. Moi, on m'avait forcée à assister à l'enterrement de mes parents, et j'avais fui depuis lors tous ceux qui l'avaient suivi – beau résultat !

Avant de partir, je le vis assis, de dos, tout seul au milieu du salon. Je vis sa nuque raidie de garçon sensible et pudique. J'allai l'embrasser et il me souffla rapidement : « Enterrez-la bien ! » Il se détourna ensuite pour son deuil à lui, à sa manière…

J'ai voulu mettre Missoui à plat au fond d'un grand sac de voyage pour l'emmener dans la voiture. Sara s'est insurgée, elle craignait qu'elle étouffe. Je lui ai dit qu'elle ne respirait plus et que je pouvais laisser le sac ouvert. Mais non, elle voulait la garder dans ses bras pour le voyage, enveloppée dans son linceul bleu.

– Je veux tout faire… Tout, jusqu'au bout.

« Tout, jusqu'au bout »… Ces mots-là, si péremptoires, ne me clouaient plus de surprise comme avant. J'avais compris, en la voyant tenir Missoui sur ses

196

genoux pour mourir, que ce n'était pas de simples mots, qu'elle irait effectivement jusqu'au bout, sans faillir.

Trois heures de route, tout le temps pour penser, avec les larmes qui coulent toutes seules, aux morts passées, à celles que j'ai voulu ignorer tant je refusais, moi, d'aller « jusqu'au bout », à cette petite mort présente, à celles à venir aussi... Un ronron de douleurs et de regrets dans le désordre, qui allait de pair avec le bruit du moteur, le paysage qui défilait, gris comme il se doit ce jour-là, et les sanglots discrets de Sara qui pleurait sans discontinuer à l'arrière de la voiture, Missoui serrée dans ses bras.

Tout à coup, un sanglot plus fort me tira de mes pensées et j'entendis une petite phrase déchirante : « Elle est encore douce !... » Sa voix s'était cassée sur le dernier mot et je me retournai pour regarder ma petite fille si courageuse et si pleine de souffrance. Je l'admirais et elle me faisait de la peine.

— Donne-la-moi, Sara. Je vais la prendre.
— Non. Je veux la garder.
— C'est trop pénible. Donne-la-moi.
— Non.

Et elle serra Missoui un peu plus fort contre elle avec une grande détermination. Je la laissai faire.

Comment une mère normale aurait-elle réagi dans ce cas-là ? Sans doute aurait-elle pris d'autorité le cadavre de la chatte pour en décharger l'enfant, pour lui épargner de sentir si douloureusement son corps moelleux et raide à la fois, cette immobilité effrayante. Mais dans ces circonstances particulières, je savais fort bien que je n'étais pas une mère normale, j'étais une ancienne petite fille qui avait eu tout faux vis-à-vis de la mort, qui n'avait rien voulu voir, rien voulu sentir, rien accompagner et ne pas pleurer. Or j'avais fait une fille qui, par une mystérieuse alchimie de prévoyance, de réaction inconsciente, et par son caractère spécialement trempé, voulait faire tout le contraire. Elle, elle savait, elle sentait, elle pleurait, elle voulait aller jusqu'au bout, n'échapper à rien. Au vécu de mon expérience catastrophique, c'est elle qui avait raison. Donc, je l'écoutais, je la laissais faire. J'avais beau être la grande et elle la petite, moi à l'avant de la voiture et elle à l'arrière, c'est elle qui menait. Et ce qu'elle ne savait pas, c'est qu'elle me menait vers le premier enterrement accepté de ma vie, le premier depuis celui que j'avais subi, révulsée, à l'âge de huit ans. Mon premier véritable enterrement... Et c'est ma fille qui me montrait le chemin.

La route, le temps, la platitude désespérante de la Beauce sous le ciel gris défilaient...

Je pensais à ces enfants, les miens, qui avaient vécu jusqu'à présent une vie douce, indemne de toute épreuve. Sara, douze ans, mon fils, quinze. Avec le décalage de maturité entre les garçons et les filles, la mort de Missoui allait marquer pour l'un comme pour l'autre leur véritable passage à l'adolescence. A partir de ce jour, la mort avait cessé pour eux d'être une chose irréelle, un rêve, le loup de la fable, un jeu. Mon fils avait entendu un vrai cri d'agonie, pas ces râles stéréotypés et factices qui accompagnaient les morts fictives de ses jeux vidéo. Avec la mort réelle, palpable, de cette petite compagne d'enfance, c'était la fin de l'innocence... Et je songeai confusément que ce devrait être aussi la base d'une accroche plus profonde à la vie.

Mon ami nous conduisait, sûr, attentif et doux. Il aimait beaucoup Missoui, mais ne la connaissait que depuis quatre ans. Il nous laissait vivre notre douleur, née d'une plus longue histoire commune. Nous étions en sécurité avec lui, j'aimerais dire « sous son aile », on pouvait se laisser aller en toute confiance.

De temps en temps, Sara se penchait vers l'avant et me parlait à l'oreille. Nous échangions quelques paroles simples et pleines.

– C'est dur… Je ne croyais pas que ce serait si dur
– Oui, c'est dur.
– Ça fait mal, hein ?
– Oui. Très.

Vers Vierzon, elle eut un nouvel accès de sanglots déchirants. Elle était épuisée de chagrin et, cette fois, un sentiment maternel dominant, je me tournai vers elle, déterminée à prendre le corps de Missoui, même si elle ne le voulait pas.

Donne-la-moi maintenant. C'est trop dur pour toi.

– Oui, si tu veux.

Elle me la tendit tout de suite. Décidément, elle savait tout, même quand c'était trop…

Et ce fut à mon tour de sentir la terrible douceur du petit corps mort de Missoui. On devinait le soyeux du poil à travers le tissu bleu, et revenaient tous les souvenirs de câlins, de tendresse, d'intimité partagée. Et je pris la relève et pleurai à mon tour sans discontinuer jusqu'au bout de la route pendant que Sara se reposait un peu.

Nous arrivâmes dans la Creuse alors qu'il était déjà tard dans l'après-midi. La maison était froide. Il flottait comme un vide de surprise dans les pièces, à notre arrivée à l'improviste. Il s'estompa rapidement avec les gestes coutumiers pour ouvrir les rideaux, allumer le chauffage, déverrouiller les portes.

Nous avons déposé Missoui sur le canapé et ouvert le paréo bleu. Son poil était tout chiffonné et Sara le lissa. On se dit qu'on pouvait la laisser là pour le moment, ce n'était pas gênant. De loin, elle avait l'air de dormir, comme elle l'avait si souvent fait sur ce même canapé.

– Vite, les filles, il faut choisir l'endroit où on va l'enterrer avant la nuit.

Mon ami nous pressait, nous rappelait au réel, en bon ordonnateur des choses pratiques. Nous avons fait le tour du jardin tous les trois et choisi un coin où nous allions peu souvent bien qu'il ne soit pourtant pas très éloigné de la maison et visible de la terrasse. Mais ce fond de pré, avec un petit ruisseau qui le bordait, était ombragé de longues branches retombant jusqu'au sol, si bien que cet endroit si joli était dissimulé l'été par les feuilles, secret comme une chambre de verdure. Un coin intime, à la fois beau et mélancolique, parfait pour méditer dans la magnifique lumière qui filtrait à travers le feuillage. La tombe de Missoui serait là comme sous une arche protectrice et apaisante.

En faisant le tour du jardin, nous avons vu qu'en ce mois d'octobre tous les rosiers portaient encore quelques fleurs, les dernières, spécialement opulentes et parfumées. Nous avons décidé de les cueillir toutes pour Missoui. C'est alors que se mit à tomber une pluie épouvantablement drue...

Rentrés à la maison pour nous munir de bottes et d'imperméables, Sara regarda le corps de la chatte sur le canapé et fut saisie à nouveau de pleurs irré-pressibles.

– La pluie... Elle va être toute mouillée... La pluie froide sur elle à travers la terre...

Nous avions envisagé de l'enterrer naturellement, tout simplement enveloppée de son linceul. Mais la vision qu'évoquait Sara nous serra la gorge, et je pleurai de concert, pas plus réjouie qu'elle.

– Tu veux que je lui fasse un petit cercueil, Sara ?

Mon ami fait de la menuiserie. L'atelier était là, dans la cour, avec le bois, les machines. Nous répon-dîmes spontanément « oui » toutes les deux. Il mesura le corps roulé en boule de Missoui pour faire une boîte à sa taille.

– Pendant que je fais ça, allez cueillir les roses et prenez un bain pour vous détendre et vous réchauffer.

L'ange ordonnateur parlait sagement. Nous avons fait ce qu'il disait, cueilli les fleurs sous la pluie, sans leurs tiges, sans en oublier une, et toutes ces roses perlées d'eau étaient magnifiques ensemble dans le panier. Avant le bain, j'ai appelé un couple d'amis creusois qui résident au village et ils ont dit qu'ils passeraient nous voir tout à l'heure.

Je pensais à tous ces rituels qui accompagnent les enterrements, rituels auxquels je m'étais refusée jusque-là autant qu'aux enterrements eux-mêmes, les fleurs, les faire-part, le choix du cercueil... J'ai mieux compris, tout à coup. Ça occupe. On ne peut pas faire que pleurer. Et puis j'ai pris un réel plaisir à cueillir ces roses pour Missoui, sans avoir une seconde l'impression d'être ridicule.

Dans le bain, nous entendions de loin le bruit de la scie, du rabot, des clous enfoncés. C'était un bon bruit, on travaillait pour Missoui, là-bas, dans l'atelier. Nous parlions d'elle, de nos souvenirs, de notre chagrin. Puis nous avons eu un court fou rire, un de ces classiques fous rires de décompression qui jaillissent dans ces moments trop chargés d'émotion. Nous nous adressions à voix haute à ce pauvre Titi resté à Paris.

– Mon pauvre Titi, tu sais, on aurait eu à choisir entre ta mort et celle de Missoui, ça…!

– Ça! C'est sûr que tu ne serais plus là!

On a ri comme deux méchantes gamines. Puis le rire est retombé tout seul.

– C'est affreux ce qu'on dit là…

– Mais non, on la regrette trop, c'est tout.

La nuit était tombée et dehors c'était carrément la tempête, avec un vent qui sifflait, une pluie oblique et piquante. Un horrible temps d'enterrement…

– Chêne massif et noyer noir, qu'est-ce que vous en pensez?

Mon ami nous montrait le cercueil sur mesure, en bois noble. C'est le luxe de ces pays pauvres où il est plus facile de trouver des planches d'arbres centenaires que du contreplaqué.

Sara a tenu à installer elle-même Missoui dans la boîte avec son linceul bleu – tout, jusqu'au bout… Elle a encore lissé son poil pour qu'elle soit belle et disposé toutes les roses entre ses pattes, autour de sa tête, sur le linceul aussi. Toutes ces nuances de rose, de jaune et d'orangé avec le bleu du tissu et le bois, c'était magnifique… Et je souriais en me disant que c'était un enterrement très beau, que ce serait bien si on pouvait faire ceux des gens qu'on aime aussi simplement et joliment que ça. Certains peuples le font,

202

je crois. Je crains que nous ne soyons devenus plus compliqués, moins libres. Il n'y a qu'avec les bêtes, chez nous, que l'on peut faire quelque chose comme ça. Personne ne peut couvrir sa grand-mère ou son grand-père mort avec des roses, l'envelopper de bleu pour l'enterrer au fond de son jardin dans une chambre de verdure.

Nos amis creusois sont arrivés au moment où l'on avait décidé qu'il était temps d'arrêter de contempler Missoui et de clouer le cercueil. Sara s'est remise à pleurer et on s'est dit, vraiment dit avec des mots, qu'on la regardait pour la dernière fois et que nous ne la verrions plus jamais. On a recouvert sa petite tête avec un coin du tissu bleu. Mon ami a cloué la boîte et les coups de marteau sonnaient terriblement définitifs.

Notre ami du village, entrant dans la pièce et voyant Sara faire des inscriptions au feutre sur le petit cercueil – « Missoui. La plus belle des chattes » – commença à rire. Dès qu'il vit la tête de Sara, il se tut, puis il tenta de minimiser :

– Ce n'est pas grave, voyons, ce n'est qu'…

Il s'est arrêté tout juste, au bord du fatidique. C'est un homme qui n'a aucune attirance pour les chats et qui, de son propre aveu, n'en avait pas loupé un quand il le trouvait au bout de son fusil, en maraude dans les champs, du temps où il allait à la chasse. Mais c'est aussi un homme qui adore son chien comme une vraie personne, alors il a pu transposer. Il a arrêté de minimiser et il a pris une pelle pour aider mon ami à faire le trou dans le fond du pré.

– C'est vrai que cette bête, elle était spéciale…

C'est ainsi que cet homme qui n'aimait pas les

chats s'est retrouvé à creuser sa tombe, suant sang et eau à onze heures du soir et en pleine tempête. Chapeau, Missoui !

Les « filles » regardaient les hommes s'acharner sur la terre, qui était dure et pleine de racines à cet endroit. On les éclairait avec des torches, le cercueil de Missoui posé en attente à nos pieds. Il faisait curieusement doux. Les deux hommes avaient ôté vestes, pulls, et s'escrimaient en tee-shirt, le visage luisant de sueur. C'était une nuit de tempête extraordinaire, très claire et théâtrale. Les grands arbres alentour étaient agités comme des silhouettes démentes et fantasmagoriques, le ciel d'un bleu profond était parcouru de petits nuages lumineux qui défilaient à toute vitesse devant la lune. Les rafales soufflaient des flopées de feuilles mortes et je craignais que les grands frênes voisins, qui comptent au moins deux siècles et dont les troncs sont creux, ne rompent dans une telle bourrasque. C'était un spectacle fabuleux, et nous le regardions au calme...

Nous nous sommes aperçues alors d'une chose étrange, qui ne nous avait pas frappées immédiatement, concentrées que nous étions sur Missoui et le travail des hommes : il n'y avait pas de vent là où nous étions. Rien. Pas un souffle, alors que tout était follement agité alentour. Il régnait dans cette « chambre de verdure » une paix, une douceur, un calme extraordinaires, même au milieu des éléments déchaînés. Les hommes se sont arrêtés de creuser pour constater le phénomène, et nous sommes restés un moment tous immobiles, surpris et émerveillés par l'étonnante quiétude qui régnait dans cet endroit.

Nous avions bien choisi. C'était une magnifique et magique dernière demeure pour la reine des chattes.

Après, il a bien fallu dormir. Et finalement ce ne fut pas si dur. Sara passa une nuit normale. Au réveil, ce serait sa première journée sans Missoui – depuis qu'elle avait ouvert ses yeux de bébé elle l'avait toujours vue près d'elle.

Dans la matinée, nous avons décidé d'arranger cette tombe qui était restée, depuis hier soir, un simple amas de terre. Mon ami a mis une pierre de granit, une belle pierre debout, sorte de menhir destiné à être sculpté un jour, et Sara et moi sommes allées déterrer tous les hostas du jardin pour les mettre autour. Ce sont des plantes discrètes et belles qui aiment l'ombre. Elles disparaissent l'hiver et renaissent de la souche en été, avec de larges feuilles d'un vert bleuté, ou panachées, et des fleurs en clochettes blanches ou mauves.

Nous ne pleurions plus, distraites et réconfortées par le travail physique des plantations, mais Sara avait une bien petite mine et je voulus l'emmener en forêt avec mon ami pour chercher des champignons. Elle ne voulut pas. J'insistai, en disant qu'après tout cela, il serait bénéfique pour tous de sortir et de marcher. Non, elle préférait rester ici, seule. Je l'écoutai, comme je l'avais écoutée depuis le début, et nous allâmes nous promener sans elle.

Nous sommes restés dans les bois peut-être une heure, et en redescendant de la forêt toute proche de la maison, je crus entendre dans le vent qui était encore assez fort une sorte de hululement lointain qui décroissait et reprenait par à-coups.

Arrivés dans le jardin, la plainte, comme un chant

triste longuement modulé, se fit plus précise, et au fond du pré je vis ma petite fille… Je la vis assise dans l'herbe, devant la tombe de Missoui. Je voyais bien sa silhouette ramassée, courbée vers la pierre, car les longues branches qui protégeaient l'endroit en tombant jusqu'au sol n'avaient plus de feuilles à cette saison. Elle gémissait, s'arrêtait et reprenait ce long cri de douleur, doux et poignant à la fois. Était-elle là depuis notre départ ? Je m'étais arrêtée, surprise et émue. Je regardais, de loin, la courbure si touchante de son dos. Je l'écoutais. C'était beau et déchirant.

— Il faudrait peut-être que tu ailles la voir, dit mon ami.

— Je ne sais pas… Je ne crois pas, non.

J'étais clouée là, incapable d'aller la rejoindre tout de suite, fascinée et bouleversée, saisie par un respect, une sorte de pudeur qui m'empêchait de stopper l'expression de son chagrin. Par une incertitude terrible aussi de ce qui était à faire ou à ne pas faire, de ce qui était juste ou de ce qui était trop. Où était la mesure ? Je la regardais, troublée et impuissante, repensant encore une fois à la petite fille que j'avais été, qui n'était jamais retournée sur la sépulture de ses parents, qui ne voulait pas se courber vers la terre, qui n'avait pas gémi, pas pleuré, qui s'était raidie et détournée au point de ne plus savoir où se trouvait leur tombe trente ans après… Et je voyais ma petite fille, instinctivement si sage et si savante, faire tout ce que je n'avais pas fait, être tout ce que j'aurais dû être, et vider humblement son chagrin courbée vers la terre, vers ce petit amour enseveli. J'étais trop troublée pour aller la déranger.

N'est-ce pas moi qui avais écrit qu'il fallait laisser et au besoin faire pleurer les enfants sur leurs morts, le plus possible, pour leur éviter de s'enfermer dans une douleur muette et néfaste ?

Je me détournai, profondément remuée et incertaine. Je rangeai la maison, sans penser à ce que je faisais. Je prenais une chose après l'autre, machinalement. J'oubliais le temps. J'oubliais ce qui se passait – une si longue habitude de fuite laisse quelques séquelles, une facilité à l'absence...

Ce fut mon ami, sage et vigilant, qui me rappela à l'ordre, me réveilla de ce flou défensif. Sara gémissait toujours près de la tombe de Missoui.

– Ça suffit, il faut que tu ailles la chercher. Je comprends ce que tu ressens, mais maintenant c'est trop. Elle ne pleure plus pour elle, elle pleure à ta place, pour des chagrins qui ne lui appartiennent pas. C'était bien jusqu'à présent, mais ça devient malsain et complaisant... Il est temps que tu redeviennes sa mère et que tu la tires de là.

Ce que je fis. Et Sara se laissa emmener par moi sans résistance et, je le sentis, un certain soulagement. Mon compagnon avait raison, il était temps que j'oublie cette ancienne petite fille en moi et que je redevienne sa mère. C'est moi qui devais de nouveau la mener, dans l'ordre normal et naturel de nos rôles.

Avec le chemin du retour, trois heures, encore, pour méditer sur tout cela. Sara se remit à pleurer un moment. Une brusque bouffée de souffrance après une heure de calme. Elle se pencha vers mon siège, comme elle l'avait fait à l'aller, et chuchota sa douleur à mon oreille.

– Oh! C'est long… Je ne savais pas que ce serait si long.

« Si long », ma fille, ma chérie, si long, deux jours à peine !… Mais je fis vite taire en moi l'ancienne petite fille, encombrante, importune, celle qui avait mis trente ans à se laisser aller à pleurer. Je la renvoyai dans le passé avec les regrets périmés, les lamentations vaines et tardives. Tais-toi ! Efface-toi ! Je suis grande maintenant, je suis là, avec mes enfants. Demain sera un jour de vie, j'y veillerai.

J'ai raconté à mon fils ce que nous avions fait pour Missoui. Il a dit : « C'est bien. » Il était content que nous l'ayons bien enterrée.

Ma tante, passée pour nous voir au retour, ma tante qui supportait difficilement les animaux, mais qui avait été peu à peu conquise par la personnalité de Missoui, me dit, pensive :

– Jamais tu ne retrouveras une chatte pareille.

– Jamais. Je le sais bien.

Dans les semaines qui suivirent, nous fûmes pris au dépourvu par une autre douleur, une souffrance muette qui nous laissa désemparés, celle de Titi.

Au début, nous n'avons pas compris pourquoi il restait prostré dans un coin, encore plus taciturne et renfrogné que d'habitude, le regard terne et noir, avec une sorte de barre creusée au-dessus des yeux, qui lui donnait un faciès un peu « cro-magnonesque ». Il avait vraiment une drôle de tête, enfoncée dans les épaules. Et puis il y eut cette façon qu'il avait, au moindre bruit qui l'alertait, de sauter vers le fond du

208

couloir ou vers une chambre d'où lui semblait venir le bruit. Et il revenait lentement, tête basse, le menton au niveau des genoux, pour se laisser lourdement tomber dans un coin... C'était triste à voir, cet espoir qui le faisait se précipiter vers ce qu'il croyait avoir entendu, et ce retour, lourd et déçu. Nous hésitions à croire qu'il s'agissait de chagrin. Nous, les hommes, avons toujours du mal à admettre que les bêtes puissent être moralement vulnérables.

Puis quelques semaines après la mort de Missoui, nous sommes retournés à la campagne, avec Titi cette fois. Dès l'arrivée, nous fûmes très frappés par son attitude. Il visita immédiatement toutes les pièces du rez-de-chaussée en miaulant désespérément, alors que c'est habituellement un chat silencieux, on n'entend jamais le son de sa voix. Ayant constaté que les pièces du bas étaient vides, il se précipita à l'étage et parcourut toutes les chambres en miaulant toujours. Son miaulement se faisait de plus en plus bas et rauque, presque continu, comme le font les chats quand ils sont en proie à une grande angoisse.

Mon ami et moi le regardions arpenter toute la maison, impressionnés et désolés. Il nous apparut évident qu'il cherchait Missoui, qu'il l'appelait. Il ne s'était jamais comporté de cette façon, surtout ces derniers temps où il était si abattu.

Et je repensai à la manière dont il avait ignoré le corps mort de Missoui, après avoir été si inquiet pendant son agonie. Se pourrait-il qu'il ait en quelque sorte « nié » sa mort et qu'il l'ait crue simplement et brusquement absente ? Qu'ayant en vain attendu qu'elle réapparaisse à Paris, il ait espéré qu'elle soit ailleurs, à la campagne? A la manière dont il s'était précipité pour faire le tour de la maison dès sa sortie de voiture, on pouvait croire qu'il avait pensé, espéré quelque chose comme ça. Il avait toujours vécu avec Missoui vivante dans cette maison, si elle n'était plus là-bas, c'est qu'elle devait être ici...

Après toutes les pièces de la maison, ce fut le tour du proche jardin, des alentours, et nous vîmes finalement s'éteindre l'espoir de Titi sur une terrasse où il finit par s'asseoir, épuisé, avec un dernier et faible miaulement de détresse. Il avait compris. Elle n'était pas là. Il ne chercha plus, se coucha, retombé dans son état morose.

Au retour, ce fut pire. Il ne mangeait presque plus. Et je remarquai qu'il ne recouvrait plus ses crottes dans la litière...

Le vétérinaire consulté nous assura qu'il n'avait aucun ennui de santé et, passant un peigne dans ses poils, il en retira une grosse touffe de bourre laineuse.

– Tenez, il ne fait plus sa toilette non plus... C'est moral, il se laisse aller. Comme nous quand ça ne va vraiment pas. On ne se lave plus, on laisse tout tomber. C'est compliqué, pour ça, les chats. Ils sont terriblement psychologiques... Pire que les chiens.

Nous, humains, nous pouvons parler, nous soutenir mutuellement, mais que faire pour guérir la tristesse d'un animal? Nous avons d'abord pensé qu'il ne fallait pas qu'il reste seul, et c'est ainsi que nous avons adopté la délicate et sensitive Mina.

Titi l'accueillit d'abord fort mal, bourru et encore très dépressif. Puis, les semaines passant, il toléra qu'elle reste à ses côtés sans la houspiller, puis qu'elle se couche contre lui... Un jour, nous avons remarqué

que la barre sur son front s'effaçait. Son regard rede-
vint clair, son appétit revint. Il se toiletta de nouveau
et, dans la foulée, de coup de langue en coup de
langue, il lécha Mina et se mit à la toiletter aussi.
C'était fini.

Je peux situer à peu près le temps du deuil de Titi :
il a duré six mois. Est-ce long pour un deuil de chat ?

Pour nous, le cours habituel des jours et des choses
avait repris, l'école, le travail, les soirées en famille,
et Missoui prit peu à peu sa place dans les beaux, les
précieux souvenirs de la vie.

Je me dois de dire, à la fin de ce chapitre, après
avoir longuement raconté notre peine, que faire
le deuil d'un animal familier, même profondément
aimé, est plus rapide et plus facile que pour une personne humaine proche. Si le chagrin est violent, il est
aussi plus « gérable ». La disparition d'un animal peut
ainsi être pour les enfants un apprentissage d'une
attitude saine vis-à-vis de la mort. Il fut le mien…

Au printemps, nous sommes retournés en Creuse
pour de courtes vacances. Nous avons eu envie, avec
les enfants, d'aller voir la tombe de Missoui dans
sa chambre de verdure, et nous avons eu une merveilleuse surprise. J'avais tout à fait oublié, quand
nous l'avions enterrée là, que ce coin du jardin était
couvert à cette époque d'une mer de jacinthes sauvages. La pierre de granit, sous son arche de bourgeons dorés à peine éclos, émergeait d'un extraordinaire et odorant tapis bleu…

Et naquit en moi, tout doucement, l'envie de faire
ce livre.

Quatre saisons ont passé en écrivant ce livre. J'ai peine à le finir. Je regrette d'arriver aux dernières pages. Il le faut bien pourtant. Le temps d'un cycle de la nature doit suffire à son achèvement, cela me paraît juste ainsi. Mais j'ai du mal…

Son écriture fut un temps de réflexion doucement remuante, une sorte de retraite, de recul vis-à-vis de moi-même et de l'humeur du monde, l'occasion apaisante de vivre longtemps au calme dans cette campagne que j'aime, un refuge, une trêve.

Les mois qui ont suivi la mort de Missoui m'ont semblé durs. Non pas tant à cause d'elle, pauvre chère ! Sa présence vivante a été magnifique et sa disparition source d'émotion chaleureuse, génératrice de progrès. Il y a des êtres qui ne laissent après eux que du beau et du bon. Le choc de leur disparition passé, ils deviennent vite un souvenir enchanté de tendresse, un regret doux comme du miel.

Mais les gens, mes semblables, m'ont paru âpres et nerveux. Les temps sont très durs pour beaucoup, désespérants pour certains, décourageants pour

213

presque tout le monde : reglements de comptes, manque de considération et mépris de la sensibilité d'autrui, retournements d'amitié brutaux et injustes. La tension est partout. L'enthousiasme et la fraîcheur d'âme ont la survie difficile en ce moment...

C'est très sensible dans notre métier d'artistes interprètes. Nous sommes un bon baromètre des malaises sociaux, car touchés en premier puisque si fragiles. Le talent n'est pas chose aisément cotable. Il faut à la société assez de tranquillité, de sécurité, de sentiment de richesse pour s'offrir le luxe de reconnaître une valeur aussi intangible. Charme, sincérité et imagination ne valent pas cher quand certains cherchent à fabriquer des recettes dans ce métier créateur qui précisément ne peut en avoir. Tout projet trop novateur, surprenant, qui ne rappelle pas quelque chose qui a déjà marché, est aisément envoyé au panier. Quand la loi de l'intérêt financier se fait omnipotente, la mort de l'artiste n'est pas loin, et en premier lieu celle du respect que l'on a pour lui... L'arbitraire règne, on compte la réputation et l'expérience des gens comme négligeables. Et mieux vaut ne pas parler de ce qu'on fait de leur amour-propre, de leur dignité. Je connais des acteurs de renom, en cette période difficile, à qui l'on propose un rôle pour ensuite l'offrir à quelqu'un d'autre sans le prévenir, sans la délicatesse d'un coup de fil, ou à qui l'on donne une misère de quelques jours de travail sans même juger utile de leur faire lire le scénario pour qu'ils sachent ce qu'ils auront à jouer et puissent s'y préparer. Une sorte de vague mépris, de vulgarité d'esprit tend à régner et se propage, qui n'est pas sans me rappeler cette horrible devise qui semble renaître dans les périodes de crise : « Vu les circonstances, y'a pas à se gêner. »

Je ne parle pas pour moi, je jouis d'un certain respect, même si je suis consciente de sa fragilité. Mais nombre de mes amis comédiens talentueux et expérimentés n'ont pas cette chance et je ne peux ignorer comment on les traite, comment notre métier est en danger de perdre ses repères et sa richesse.

Parfois, à m'entendre moi-même professer avec obstination qu'il faut aimer ce qu'on fait et faire ce qu'on aime, miser sur la sincérité, s'amuser en travaillant, même si les cadences de tournage semblent vous l'interdire, lutter contre la mortelle normalisation, traquer le stéréotype et cultiver comme une plante rare un savoir-faire joyeux dans cet artisanat si fragile, je me fais l'effet d'un ancien combattant qui brandit son drapeau envers et contre tout dans la morosité ambiante. Mais les rangs des résistants sont de plus en plus clairsemés, certains drapeaux se baissent, d'autres disparaissent dans l'arrière-garde – les derniers saltimbanques-rois de notre métier s'éteignent, et avec eux une noblesse, une tradition éphémère et précieuse...

Si je parle ainsi, c'est que j'aime passionnément mon métier et que je suis inquiète pour son devenir, bien sûr. Inquiète aussi pour le devenir des enfants, des miens et de tous ces jeunes, angoissés par l'avenir avant même de finir leurs études, qui doivent opter pour une voie professionnelle, pour ce qui va remplir la moitié de leur vie, sans même avoir eu le temps d'en rêver... Et que dire de cette misère autour de nous, de ces gens assis partout sur les trottoirs, réduits à tendre la main ? On reçoit des regards déchirants. On essaie de rester naturel. Peut-on fouler un trottoir, vraiment tranquille et content, quand y gisent tant de dignités bafouées ? On s'arrête parfois. On ne peut pas s'arrêter tout le temps. On passe en se disant que le pire serait qu'on arrive à s'habituer...

Enfin, malgré ma chance et le fait que je ne puisse pas personnellement me plaindre, mon inquiétude était grande en ce début de printemps. Une sorte de fatigue, d'envie de déposer les armes m'a saisie. A cause de tout cela et d'autres choses, aussi. J'avais hâte, pour lutter contre cette lassitude, de revenir à la campagne, de mettre les mains dans la terre, voir la nature refleurir, m'occuper des animaux, me plonger dans tout ce qui nourrit mon équilibre et ma vitalité. J'ai fait de monstrueuses commandes de fleurs et j'ai planté à tour de bras, tout en craignant que ce ne soit un refuge trop facile. Mais j'en avais besoin. L'affection des miens et celle, si apaisante, des animaux, le contact avec la nature, l'arrivée de la belle saison étaient les seuls antidotes à cette fatigue vague et pourtant profonde, ce genre de découragement indéfinissable dont il faut se méfier.

C'est dans cet état que je découvris la tombe de Missoui émergeant de la mer de jacinthes. Quelle merveilleuse surprise ! Et l'envie de faire ce livre en fut une autre... Témoigner de choses et de sentiments simples, dire ce que je crois, partager ce qui me fait du bien en espérant que ce sera une goutte de douceur et de tolérance dans l'âpreté et l'inquiétude de ces temps-ci – une bien petite lutte, mais tout de même.

J'aime que ce livre m'ait demandé quatre saisons

pour l'écrire. Et que ce travail m'ait donné l'occasion de les vivre ici, au cœur de la nature, de m'ancrer plus profondément dans ce pays creusois que j'aime et qui est devenu mien. Tout ce qui est arrivé pendant ce temps d'écriture fut vivant et riche de signification. L'impression de vivre non pas une simple parenthèse mais un temps entier, une petite vie pleine, un cycle. Le printemps et le chapitre sur les chats de mon enfance, avec le cadeau des souvenirs retrouvés. L'été des récoltes, du sauvetage de Chichi et l'histoire de mon premier Titi. L'automne avec la rencontre de Missoui, ce qu'elle nous a apporté, à moi et aux enfants. Puis l'hiver, plus grave..., la neige de janvier arriva avec le récit de sa mort. Ce manteau blanc et lumineux, admirable sur ce pays bocager, le silence particulier qui règne sur une campagne immaculée pacifièrent les montées d'émotion qui me saisirent en me remémorant cette période.

Il fallut enfermer les pigeons afin de les sauver, alors que nous les avions voulus libres. L'épervier qui avait tourné tout l'été au-dessus de la maison comme une menace lointaine s'était abattu sur eux et en tua cinq en trois semaines. Chichi survécut à ce massacre. Lors de la dernière attaque du rapace, nous l'avons vu s'aplatir sur le toit de la maison au lieu de s'envoler comme les autres, qui devenaient ainsi des proies faciles. Ce pigeon élevé par nous réagissait différemment. Hasard ?

Nous avons acheté une grande épuisette pour attraper les survivants et les mettre à l'abri dans le poulailler grillagé. L'instrument fut à peine utile, car ils se laissèrent capturer sans presque de résistance et, posés à terre devant la porte ouverte du poulailler, nous les vîmes littéralement se précipiter à l'intérieur, à l'abri du grillage. Depuis ils vivent là apparemment contents de leur sort, occupés à manger sans arrêt et à faire des petits à la chaîne, sans aucune velléité de sortir. Nous avons parfois une idée bien trop romantique de la liberté…

J'ai donné à lire le début de ce livre, en feuilles volantes tapées à un doigt à la machine, à mon amie Michèle, éleveur dans la Creuse. Elle fut choquée et très triste de découvrir le texte à propos de Jean Mercure, de ce qu'il m'avait dit sur les veaux élevés en batterie. Elle me demanda si je voulais bien le supprimer.

— Tu comprends, on a déjà tellement de mal… Avec la vache folle et tout le reste, les gens ont une image terriblement négative de nous. Et toi, tu vas l'aggraver encore en écrivant cela. Tout ça pour quelque chose qui n'existe plus…

Michèle s'occupe de ses cent cinquante vaches de jour comme de nuit, elle dort à l'étable s'il le faut pour les vêlages, soigne chacun de ses veaux comme un enfant, des veaux élevés dans les prés avec leur mère et qu'elle ne voit jamais partir vers leur destin sans un pincement au cœur. Elle aime viscéralement ses animaux et les respecte. Sûr qu'on ne mange pas une viande empoisonnée de souffrance avec ceux-là. J'ai vu des veaux heureux. Cela existe. Ils sont à côté de chez moi.

Quelques jours plus tard, après qu'elle m'eut demandé de bien vouloir retirer ce texte de mon livre, elle me dit, grave et un peu pâle :

— Je me suis renseignée. Tu as raison, ça existe encore. C'est abominable… Garde ce texte.

Février nous a apporté brumes glacées et petites pluies cinglantes. C'est le vrai hiver triste, glauque, gadouilleux, celui qui semble ne jamais devoir finir, qui étale son ciel plombé entre les branches nues et fantasmagoriques des châtaigniers. Et pourtant les bourgeons gonflent, prêts à éclater au premier redoux, quitte à griller ensuite sous les gelées tardives. Le groseillier à fleur, le plus précoce, est sur le point d'éclore. Encore invisible, le printemps pousse sous la terre. Et moi, je dois finir ce livre... Les jacinthes vont de nouveau pointer leurs feuilles autour de la tombe de Missoui.

Les chats frileux sont tous avec moi dans la chambre d'écriture. Titi un peu à l'écart, comme d'habitude. Mina, toujours couchée dans son fauteuil à côté du mien, tolère la présence d'un compagnon nouveau, roulé en boule entre ses pattes. Un jeune Tilou tout noir est venu rejoindre la compagnie des chats de la maison. On me proposa de l'adopter au printemps dernier et je refusai – trois chats, c'était trop ! Au début de l'été, je refusai encore. Et l'automne allait venir sans qu'il ait trouvé un foyer pour l'accueillir. Comment résister, lorsqu'on écrit un livre à propos des chats ? Tilou est là. Je ne le regrette pas. Il est drôle. Je n'avais encore jamais eu de chat drôle. Ils forment un trio amical et charmant – d'un ensemble de couleurs d'un chic fou : gris et noir – que je pourrais surnommer « le bon pépère, la sensitive et le filou ». C'est un bon équilibre. Ce ne sont pas des chats de hasard... Ce sont des chats normaux. Aucun d'entre eux n'est spécialement génial et n'a avec moi de rapports exceptionnels. Ils sont simplement gentils et tendres. Je les aime beaucoup.

J'écrivais plus haut que la mort de Missoui avait marqué pour mes enfants le passage à l'adolescence. Je suis en train de songer qu'elle fut pour moi aussi un passage très important.

Missoui, en m'attendant pour mourir, en me donnant ainsi l'occasion de toucher la mort d'une manière tangible sans en être révulsée, d'aller « jusqu'au bout » pour la première fois en la portant en terre, a marqué la véritable fin de mon deuil. Elle a renvoyé définitivement dans le passé l'ancienne petite fille fidèle malgré tout à ses douleurs, à des réactions qui n'ont plus lieu d'être. Elle était toujours présente en moi avant d'avoir fait ce pas. Car plus de trente ans de défense et de sourde révolte contre la souffrance occasionnée par la disparition des siens sont un grand poids, certes, mais aussi un extraordinaire moteur réactif. Cette longue habitude de compensation devient partie intégrante de sa nature, une manière d'être et de fonctionner. Ce nœud de colère et de douleur en soi est un appui, un puissant ressort de vitalité. Toucher à ce rouage, le démonter, bouleverse toute une organisation intérieure.

La moitié de ma vie s'est construite avec l'aide de cette composante : réagir contre la mort. Maintenant que j'ai mis les mains dans le moteur, enlevé ce rouage, il faut bien faire sans... Je ne devrais pas m'étonner que mon énergie subisse quelques ratés sous forme de lassitude ! On ne peut pas changer quelque chose de si important depuis son enfance sans TOUT changer.

Missoui, ma belle, ma magnifique chatte de hasard, que je te sais gré de m'avoir fait faire ce nouveau pas ! Quelle chose étrange de revoir les étapes de sa vie sous l'angle des bêtes et de ce qu'elles apportent de précieux et de bouleversant, les passages de l'existence qu'elles marquent.

Combien de chiens, de chats exceptionnels dans une vie ? Un, deux, peut-être trois ? Et combien d'amours, d'amis véritables ? Un ou deux. Trois au plus ? Ils sont aussi rares. Missoui, cette petite personne animale, a été pour moi, à l'égal d'une affection humaine, une amie, un amour merveilleux, un grand soutien et finalement celle qui m'a aidée à franchir une nouvelle étape.

Il faut maintenant que le bonheur ne soit plus l'envers du malheur, que ma joie de vivre ne prenne plus racine dans le manque, que ma force n'ait plus pour appui la révolte intérieure, que l'amour cesse d'être une réparation de la perte, que la vie ne soit plus la négation de la mort... Il n'y a plus rien à compenser. Les morts sont loin derrière moi, Missoui dort sous sa pierre au fond du jardin, dans ce lieu paisible et beau où je l'ai mise en terre. Je ne suis pas triste. Je ne suis pas fatiguée. Il faut simplement tout changer.

Est venu le temps d'aimer la vie, les êtres pour ce qu'ils sont, sans vouloir qu'ils soient magnifiés et désignés par des signes, de faire ce que j'ai à faire, d'aimer ce que j'ai à aimer sans attendre une aléatoire main du destin qui me pousse et me rassure, de marcher enfin sur cette terre pour l'amour de la vie et non plus pour fouler les tombes...

C'est un bon programme de printemps. Une nouvelle saison, un nouveau cycle s'éveille. Pourquoi lutter ? Il faut se laisser aller, je n'ai qu'à suivre et – je vais enfin écrire ce mot que je n'ai jamais pu faire mien. tant il me révulsait en écho à mon malheur ancien – ACCEPTER.

Devant moi s'ouvre un chemin plus simple et plus clair, plus humble aussi. Il faut prendre confiance et apprendre à marcher un peu différemment, aller de l'avant avec l'amour des miens et l'amitié de mes animaux.

Mais tout de même, tout de même... Si sage et sereine que je parvienne à devenir un jour, je ne peux m'empêcher d'espérer que je trouverai encore une fois sur ma route, comme une magique surprise, un chat de hasard, une petite bête qui tombera dans ma vie comme un cadeau du sort. Même si je dois l'attendre longtemps, je l'espère. Même s'il doit être le dernier, celui de la vieillesse, celui de l'étape finale vers une ultime renaissance peut-être, qui sait...

Qui sait ?

L'Admiroir
roman
Seuil, 1976
et « Points », n° P 438

Le Nez de Mazarin
roman
Seuil, 1986
et « Points », n° P 86

Le Voile noir
Seuil, 1992
et « Points », n° P 146

Je vous écris
Seuil, 1993
et « Points », n° P 147

Lucien Legras, photographe inconnu
présentation de Patricia Legras
et Anny Duperey
Seuil, 1993

Allons voir plus loin, veux-tu?
roman
Seuil, 2002
et « Points », n° P 1136

Les Chats mots
Ramsay, 2003
et Seuil, « Points », n° P 1264

PAO ÉDITIONS DU SEUIL

GROUPE CPI

Achevé d'imprimer en août 2004 par
BUSSIÈRE CAMEDAN IMPRIMERIES
à Saint-Amand-Montrond (Cher)
N° d'édition : 49518/5. - N° d'impression : 043335/1.
Dépôt légal : avril 2001.
Imprimé en France